剣客群像

池波正太郎

文藝春秋

剣客群像

秘伝

一

上から下まで、まっ黒な男であった。

埃《ほこ》りにまみれつくした蓬髪《ほうはつ》の下に、獣のように光る双眸《りょうめ》があった。模様も色もわからぬほど泥まみれの衣服に、これも同様の短袴《みじかばかま》をつけ、ひざからむき出しの素足にわらじもつけていない。

年齢も定かではないが、短軀《たんく》ながら、巌《いわお》のようにがっしりとした筋肉のすばらしさは、まさに只者《ただもの》でない。

これがあぐらを組み、ふとい両腕に大刀を抱え、いつまでもいつまでもすわりこんでいる。

「ありゃ、何者だ？」

道行く人びとの眼は、必然、この男の背後に打ち立てられた建札《たてふだ》の文字へ向けられずにはいなかった。

建札に、こうある。

兵法のぞみの者、これあるにおいては、それがしと勝負の上、師弟の約をむすぶべし
文禄二年九月
日本無双の剣士　岩間小熊

腕に自信のある者は、日本一の剣士である自分と勝負せよ、負けた方が勝った方の弟子になる。どうだ……と、いうわけであった。

「なるほど、あやつが小熊か」

「小熊とは、まさにな」

「あは、はは。日本無双とはまた気張ったものよ」

武士たちが、男と建札のまわりをかこみ、勝手な声をあげているのを、その男……岩間小熊は、むしろ反対に嘲笑を口もとのあたりへうかべたまま取り合おうともしない。

また、場所が場所であった。

四年前に関東へ入国し、江戸を本城と定めた徳川家康の、その江戸城・大手門前の広場の一隅に、この男と建札が、もう三日もうごかないのだ。

高く澄みわたった秋空の下で、江戸に、江戸城に、たゆみなく建設の槌音《つちおと》がひびき、家康が江戸の町つくりにかけた情熱の深さ大きさを、人びとに知らしめている。

「いまに、この徳川さまの御城下は、すばらしい町になる」

と、諸国からあつまる町民も日毎に増えるばかりであった。

海のにおいが、この城のあたりへもただよってきている。

現代《いま》から約三百八十年前のそのころ、海（東京湾）は、日比谷のあたりまで入りこんでいたからである。

四日目になった。

一人の牢人が、巨体を岩間小熊の傍へはこび、

「こやつめ、去《い》ね!!」

叫びざま、手にした棍棒で小熊の背中をなぐりつけた。

棍棒は、身を伏せた小熊の頭上の空間をなぐり、はね起きた小熊に投げつけられた牢人は、くびの骨を強打して、すさまじいうなり声をあげた。見物していた人びとは、おどろいた。

五日目。

また牢人二人があらわれ、小熊に木刀で勝負をいどんだ。これに対し、小熊は素手で立ち向い、あっという間もなく二人の片腕の骨を折って蹴倒した。見物の人びとのおどろきは、倍加した。

六日目の夕暮れどき。

日に一度の食事をとるため、小熊が道三堀《どうさんぼり》の舟入りのまわりにならぶ舟町へ出かけたのを待ちかまえていた剣客らしい四人づれが、真剣勝負をいどんだ。

「お城の前でないから、おれも刀をぬくぞ」

念を押してから、小熊が飛燕のように前方へ飛びぬけつつ、抜刀した。

その瞬間に、剣客二人が血しぶきをあげて転倒し、すかさず、小熊のうしろから突きを入れた別の一人は、これをななめにかわしつつ横へ飛んだ小熊の剣にすくい斬られた。

残る一人は、逃げた。

こうなると、岩間小熊の評判は江戸中にきこえ、江戸城内にいる徳川家康の耳へも入ったようである。

当時は、武芸をもって世に出ようとする武人が多い。

戦乱の時代もようやく終末期を迎え、豊臣秀吉が小田原の北条家を討滅《とうめつ》してからは、秀吉の天下平定が成り、戦士の需用も減りつつあるのだが、それだけに、すぐれた実力の所有者でなければ世に出にくい。

はじめは「奇人」と見ていた岩間小熊の剣の冴えを聞いて、江戸に屋敷をかまえる大名や武将たちも、ひそかに小熊へ注目するようになったらしい。

十日目。

またも小熊へ勝負をいどんだ剣客二名が倒れた。

こうなると〔日本無双〕にも箔《はく》がついてこようというものだ。

どこかの大名や家康の旗本の中で、小熊を家来に召し抱えたいと申し入れたものも出て来た。

小熊は、いずれもことわった。ことわって、依然、大手前広場へすわりこんでいる。

「いったい、何が目的《めあて》なのか？」

もっと売れ口のよいところから申しこみがあるまで、待っているつもりなのだろうと、笑うものもいた。

十三日目。

またも五人が、小熊に打ち負かされた。

こうなると、めったに挑戦する者も出て来なくなったかわりに、

「まことにもって恐るべき剣士じゃ」

「ぜひとも、わが家来に……」

「使者をつかわせ」

江戸中が騒然となる。

町人や漁師たちも、毎日、小熊を見物に来る。

十七日目の朝。

この日は霧のような雨がふりけむっていたが、その雨の中を三人の武士が小熊へ近づ

き、

「岩間小熊殿か」

「いかにも」

「われら、根岸兎《と》角《かく》の門人でござる」

といったのは、三人のうちのひとりで、骨格たくましい男だ。鼻下に美事なひげをたくわえている。

「坂山伝蔵でござる」

針のように細く光る眼で、坂山は小熊を凝視し、低く、ねっとりとした口調で、

「わが師、根岸兎角。そこもとと勝負を決する」

と、いった。

小熊は、うっそりと坂山を見上げ、

「待っていたぞ」

いいざま、立ち上ると、傍の建札を引きぬき、柄を二つに折って背後の木立の中へ投げ捨てた。

二

根岸兎角は、近ごろの江戸で評判の剣客である。

神田台上に大きな屋敷と、剣法一羽流の道場をかまえ、徳川家の武士の中にも門人となった者が多い。門人百余をかぞえたという。

それだけに、根岸兎角としては〔日本無双〕を名乗って江戸城前に居据っている岩間小熊の存在を無視出来なくなったものであろうか……。

これは、江戸随一と評判されている自分への無言の挑戦だと感得したものであろうか……。

それは、たしかに兎角への挑戦であった。

だが、只の挑戦ではない。

兎角と小熊は十六、七歳のころから、共に、同じ師のもとに剣をまなんだ仲であった。

二人の師の名を、諸岡一羽斎《もろおかいちうさい》という。

一羽斎は、その剣名をもって一世を風靡した塚原卜伝の高弟である。

卜伝によって一羽斎へつたえられた鹿島の秘太刀の神髄は、一羽斎自身の工夫発明によって〔一羽流〕の創成となった。

四十をこえたころ、諸岡一羽斎は、常陸《ひたち》（茨城県）江戸崎へ居をかまえ、道場をひらき、はじめて門人をあつめ、わが流派を世にひろめんとした。

岩間小熊や根岸兎角が一羽斎の門へ入ったころ、すでに一羽斎の肉体はむしばまれはじめていたようだ。

病気は癩《らい》であった。

「わしのいのちは、もはや長くない。いまのうちじゃ、いまのうちにわが剣をまなびとれ」

小熊と兎角が入門して三年もすると、一羽斎の顔はむくみが出たし、癩病特有の結節《けっせつ》もあらわれてきはじめた。白い眉もぬけはじめた。

それでも尚、残る二年ほどは、

「いまのうちじゃぞ。はげめ、わしからまなびとれ!!」

一羽斎はみずからをはげまし、三十余名の門人と共に道場へ立ち、木太刀をふるったものである。

門人の中で、特にぬきん出た者が三人いる。

小熊と兎角と、もう一人は土子泥之助という男であった。

泥之助は、江戸崎の不動院という寺の門前へ捨子にされ、寺が育てあげた。のち十五歳の夏に、妻も子もない諸岡一羽斎の身のまわりの世話をするため、不動院から諸岡道場へ移ったのである。

一羽斎が、こころみに泥之助へ剣術を教えてみると、素直な手すじが気に入り、

「剣をまなんでみよ」

こころにかけて、教えはじめた。

それから二年後に、小熊が、さらに兎角が入門した。

小熊は、常陸・岩間の村の百姓の三男に生まれ、森口次郎兵衛という放浪の剣士にひろわれ、森口の歿後、その遺言によって一羽斎のもとへやって来た。森口次郎兵衛と諸岡一羽斎とは、むかし、相当の親交があった。

根岸兎角は、上総《かずさ》の国・安房《あわ》郡・根岸村の郷士の家に生まれてい、三人のうちでは彼がもっとも境遇にめぐまれてい、故郷からは絶間なく金品を送りとどけてきた。すらりとした長身の美男子で剣技もきわ立ってすぐれ、師の一羽斎が病床につくようになってから、師のかわりに道場へ立つ彼の如才のない教導が評判をよび、諸岡道場へ入門して来るものが増えたほどであった。

岩間小熊は怪力のもちぬしだが、木刀をとって打ち合えば、三本のうちの二つは兎角に負ける。

泥之助に至っては、兎角の敵でない、と、いってもよかった。

雨の日の朝。土の上に捨てられ、泥にまみれていたということから〔土子泥之助〕の名を不動院の和尚からつけられた彼であるが、一羽斎が再起出来なくなってからは、ほとんど道場へは出ず、師の看病に専念しきっていたのだ。

根岸兎角は、

「おい、泥よ」

などと呼び捨てにし、食事の給仕までさせていたものだ。

小熊は、そのころの道場での指導が、ほとんど兎角の手にゆだねられてしまったことに不満をもち、事あるごとに、兎角の高慢を病床の師にうったえた。

だが一羽斎は、しずかに笑い、

「兎角は兎角。小熊は小熊……そしてのう、泥は泥よ」

ひくく、うたうように、つぶやくようにいうのみで、取り合おうとはせぬ。

そして……。

ついに、諸岡一羽斎が息をひきとった。

歿年は不詳であるが、六十を越えていたとおもわれる。

根岸兎角が、道場から脱走したのは、その日の夜であった。

「あっ……」

岩間小熊が、白布に死顔をおおわれた師の枕頭《ちんとう》に在る厨子《ずし》棚《だな》を見て驚愕の叫びを発した。

厨子棚の戸が打ちこわされていたのを発見したからである。

この中には、一羽斎自筆の〔剣法秘伝書〕一巻が安置してあった筈だ。

「兎角めが、伝書を盗んで、逃げたぞ」

駈けこんで来た土子泥之助も、おどろいた。

「おのれ、おのれ。兎角め」

すぐさま、小熊は大刀をつかみ、兎角の後を追った。

彼が道場へもどったのは、二日後である。

一羽斎の葬式は、すでに終っていた。

土子泥之助は、師をうしなった悲しみを濃くたたえた眼で、小熊を迎えた。

「逃げた。見つからなんだわい」

小熊が吐き捨てるようにいった。

そして、自分がもどるまで、何故に師の葬式をのばさなかったか、と、強く泥之助を詰《なじ》った。

泥之助は、うつ向いたまま一語も発しようとしない。

こうなれば、諸岡一羽斎の高弟として、二人はぜひとも根岸兎角を見つけ出し、師の〔秘伝書〕を取り返し、同時に兎角と勝敗を決せねばならぬ。

それが剣の道であり、剣士としてのつとめであったからだ。

「おれが行く。泥之助は江戸崎へ帰り、道場をまもれ」

と、小熊は一方的にいった。

これは、むろん自分の腕で兎角を破り、一羽流の面目をたてたいという意気込みもあったからだろうが、

(泥では、とても兎角に勝てぬ)

と、はっきりした見込みをもっていたからでもある。

「二人して、兎角を追おうではないか」

泥之助がそういうと、小熊が胸を張り、

「相手は一人だ」

と、いった。

「一人に二人がかりをすることはない。笑いものになるぞ」

「でも……」

「いかぬ。おぬしは、道場をまもれ」

どうしても小熊は、一人で出かけたいらしい。

功名を自分一人のものにしなくてはならない。そうすれば〔剣の世界〕において、岩間小熊がはっきりと一羽流の後継者としてゆるされるからである。

結局、二人はくじを引いて出発を決めたといわれるが、実は、小熊が強引に泥之助を押え、自分が出て行くことにしたのであった。

「そうだ……」

急に、土子泥之助が手をうち、

「おれよりも小熊どののほうが、兎角に強いのだものな」

「うむ。いままでおれは、恩義をうけた師にむくいたい、それのみを考え、この、

「自分の手で兎角を打ち破りたいとひたすら思いこんでいたのだが……そうだ。これは、諸岡門人のだれがやってもよいことなのだものな」

「おぬしには道場をまもり、門人を教えるという大切な役目があるぞ」

「出来るかぎり、やってみよう」

「たのむ」

「武運をいのっている」

「よし!!」

小熊の胸にも強い感動がわきおこった。

二人は、しっかりと手と手をにぎり合った。

このとき、小熊は兎角と同年の二十五歳。泥之助は二十三歳であった。

それから二年間。岩間小熊は諸方をまわり歩き、根岸兎角の行方をさがした。

見つからなかった。

そして今年……文禄二年の八月。

下野《しもつけ》の結城《ゆうき》にいた小熊と、知り合いの剣客・相馬丞介《そうまじようすけ》が出合った。

「江戸から、こちらへまわって来たのだが……なんと江戸にな、根岸兎角がいたぞよ」

と、相馬がいう。

「何……」

「名を白川民部と変え、半年ほど前から道場をひらき、大変な評判をとっている。徳川家の士も続々と入門し、江戸随一の……」

いいかける相馬にかまわず、小熊は土けむりをあげて走り出していた。

こうして、江戸へ入った岩間小熊が根岸兎角への挑戦となったわけだ。

根岸兎角は、白川民部の変名を取り消し、本名にもどり、

「小熊との立ち合いを届け出よ」

と、門人・坂山伝蔵へ命じた。

坂山は、関東奉行をつとめる徳川家康の臣・板倉勝重の屋敷へ出頭し、二人の試合の件《こと》を届け出た。

「うむ。白川民部としても、これ以上、黙許してはおけぬというわけじゃな」

板倉勝重も、大手前へすわりこんでいる小熊のうわさをきいているし、二度ほど、馬上から望見したことがあるので、強い興味を抱いたらしい。

「これは、徳川家において世話をしよう」

と、乗気になり、家康のゆるしを得た上で、兎角と小熊を役宅へまねき、両人の試合は、

「来る二十七日の四ツ（午前十時）におこなうよう。場所《ところ》は大橋」

と、申しわたした。

二十七日は、三日後である。

大橋とは、のちの常盤橋である。

「ありがたき御諚」

礼儀正しく平伏した根岸兎角は、立派な紫色の紋服に繻子《しゅす》の袴。鞘《さや》に螺鈿《らでん》をちりばめた両刀を帯し、堂々たる風采であった。

泥と汗とあぶらと垢にまみれつくした岩間小熊とくらべ見て、板倉勝重は、すぐに兎角へ好意を抱いたようだ。徳川の士が兎角に剣をまなんでいることもあるし、落ちついて自信にあふれた兎角を、

（たのもしきやつ）

と、見た。

だから、小熊が、

「兎角。盗んだものを返せ！」

わめいたときも、

「待て。両人とも、当日の立ち合いをもって決せられよ」

押しとどめてしまった。

兎角は、立ちあがって板倉奉行の前を引き下るときに、ゆっくりと、あわれむように、

「狂漢。まだ癒らぬのか」

と、小熊にいった。

板倉勝重も、居ならぶ徳川の士も、だれ一人、岩間小熊を常人と見るものはいなかった。

三

試合の当日。

徳川家康も特別にもうけられた物見台へあらわれ、この試合を観覧するというので、当日は夜も明けぬうちから見物がつめかけて来た。

大橋の左右のたもとに幔幕《まんまく》を張りめぐらし、小熊は東に、兎角は西のたもとにひかえていた。

橋の周囲を、徳川の士が厳重にかためている。

橋の西たもとの見所《けんぞ》には関東奉行・板倉勝重。東たもとの見所に山田豊前守《ぶぜんのかみ》が検分の役というかたちで席についた。

定刻となった。

晩秋というよりも、初冬をおもわせる冷たい風が空に鳴り、雲があわただしくうごい

ている。

合図の太鼓の音がきこえた。

岩間小熊と根岸兎角が、それぞれ、橋のたもとへあらわれた。小熊は、徳川家のはからいで支給された新しい小袖を身につけているが、袴をつけず、裾を高々とからげ、素足のままであった。蓬髪に汗どめの鉢巻をしている。

兎角の試合態度が豪華で立派なことはいうまでもなかろう。

三つ目の太鼓が鳴ったとき、二人は木刀をかまえつつ、じりじりと橋坂の上をすすみはじめた。

見物のどよめきが消えた。

小熊は、二尺七寸の木刀を下段にかまえていた。

兎角は四尺に近い、長くふとい木刀を小脇へすぼめるようにかまえ、全身から剣気を噴出させつつ、小熊へ肉迫する。

二人は、たちまちに接近し、

「曳《えい》!!」

兎角の長刀が風を切って小熊の面《おもて》へ襲いかかった。

二人の木刀が、異様にすさまじい音響をひびかせて叩き合い、打ち合ったかと思うや、飛びちがってはなれた小熊と兎角は、眼ばたきをする間ほどの一呼吸をおき、

「うわあッ……」

「おう!!」

たがいに絶叫をほとばしらせて突撃し合った。

二人の木刀が嚙み合った転瞬。

小熊の木刀が、宙にはね飛んでいた。

だれの眼にも、次の瞬間には、兎角の一撃を受けた小熊が橋上に倒れ伏す光景が映ったといってよい。

だが、人びとの予感は外れた。

わが武器が、わが手からはね飛ばされたとき、岩間小熊は、そのことにいささかの衝撃もうけぬような自然さで、ためらうことなく猛然として、兎角の長身へ組みついていったのである。

兎角は……小熊の木刀をはね飛ばし(しめた!!)とおもったが、こちらの木刀が長いだけに、一歩下って打ちこみを入れた。それほど両人の間合いはせばめられていたのである。

その一歩の後退が、小熊につけこまれた。

見物の喚声があがったとき……。

根岸兎角は、岩間小熊の双腕に抱え上げられ、橋のらんかんを越え、川の中へ投げこまれていた。

川面に水しぶきがあがった。

「怪力、恐るべし」

見ていた徳川家康が驚嘆してやまなかったといわれる。

ともかく、兎角は負けた。公《おおやけ》の試合だけに、さすがの兎角も、川から這《は》い上って来て、

「小熊。わしの負けじゃ」

くやしげにいった。

「兎角。盗んだ伝書を返せ」

「ほしいのか」

「おれがほしいのではないぞ。恩師の霊にお返し申すのだ」

兎角が苦笑した。

「何が、おかしい？」

「返す。だが中を見ておどろくなよ」

「何を……」

やがて、兎角は、神田台の自邸へ小熊をともない、故諸岡一羽斎の秘伝書一巻を小熊へわたした。

そして、

「さらば。わしはもう二度と、江戸の土をふむまいよ」

根岸兎角は、部屋から出て行き、編笠に顔を隠し、徳川の士や多勢の門人の視線が集中する中を、恥かしげに身をすくめ、すごすご何処かへ立ち去ったのである。

小熊は、恩師の伝書をひらいて見た。

表書の〔一羽流秘伝〕の文字は、まさに、見なれた一羽斎の筆蹟であった。

ひらいて見て、

「や……？」

小熊は瞠目《どうもく》し、さらに巻物を解くと、一瞬手を震わせて、

「う、うう……」

愕然とうめいた。

一巻の秘伝書は白紙であった。一語の文字もしたためられていない。

そこへ、坂山伝蔵が廊下へあらわれ、平伏をした。

小熊はあわてて伝書を巻きおさめて、

「何だ？」

「はっ。おそれながら……」

「何だというのだ？」

「本日の立ち合い、われらとくと拝見いたし、おどろき入りましてござる」

「ふむ」

悪い気もちではなかった。大手前へすわりこんでいた自分のところへ、兎角の使者として来たときの坂山伝蔵の高慢な態度は、いまの彼のどこにもない。

坂山伝蔵は畏敬をこめた眼をおそるおそる小熊へ向け、両手をつき、

「申しあげます。本日より、われら一同、御門下の列へお加えいただきたく、ひたすら御願い申しあげます」

また、平伏をした。

いつの間にか、廊下へあらわれた兎角の門人たちが同じようにひれ伏し、

「御門下へお加え下されたし」

と、声をそろえた。

このとき……。

岩間小熊の胸の中に、強烈な感動が生まれた。

天下人《びと》の豊臣秀吉さえ、一目をおくほどの江戸城主徳川家康の家来たちが、この門人たちの中に多い。

根岸兎角に代り、自分が江戸随一の剣客の座についたという実感が現実のものとして、小熊の感動をよんだのである。

「おりゃ、江戸崎へ帰らねばならぬのだ」

と、はじめは承知をしなかった小熊を、坂山伝蔵がたくみに引きとめた。新築が成ったばかりの旧根岸兎角邸へとどまり、兎角の残していった立派な衣服を身につけ、かつて口にしたこともない食物や酒の美味に酔い、ふくふくした夜具にねむり、多勢の門人たちにかしずかれて、うかうかと日を送っていれば、当然、木刀をとって道場へも出るし、門人たちを教えることにもなる。

そうなれば、門人の数も知らぬ間に増えてゆく。師としての責任も生まれる。

小熊の名声は、日毎に高まっていった。

この年が暮れようとするころ、江戸崎の土子泥之助が門人・棒谷戸《ぼうがいど》八郎を江戸の小熊のもとへよこし、

「おぬしが、江戸において根岸兎角を打ち破ったことは江戸崎にもきこえ、大へんな評判だ。本当にうれしくおもう。ついては、一度、こちらへ帰ってはもらえまいか。道場のことについても談合をしたい。また秘伝書一巻は首尾よく取り返せたろうか。返事を待っている」

手紙で、そういってよこした。

一読した小熊は、

「八郎。お前が見る通り、おりゃ、いますぐに江戸をはなれるわけにはゆかぬ。門人も

多勢おってな。わかるか、わかるな、よし」

ひとりでうなずき、あの白紙の秘伝書一巻を箱におさめて封をし、

「これを泥にわたせ。わたせばわかる」

と、八郎へわたした。

棒谷戸八郎は、不快の表情をかくそうともせず、伝書を抱いて江戸崎へ帰って行った。

翌、文禄三年正月。

岩間小熊は、堂々と〔神道一羽流〕を称し、正式に道場の主となった。

四

その女が、小熊の屋敷前の道に倒れ、もがき苦しんでいたのは、二月に入って間もなくの或朝のことであった。

そのころの神田の台地は、入りくんだ谷間や、森や林や、その間に点綴《てんてい》される耕地と農家と寺院などによってかもし出される田園の風趣濃厚なところで、江戸の町外れといってよい。

前夜からの烈しい雨がまだやまぬ道に倒れ、旅姿の女は泥まみれになっていた。これを発見したのは伊豆茂右衛門という門人で、彼は、坂山伝蔵たち五名と共に、小熊の屋敷へ住みこんでいる男である。

坂山は、

「介抱してつかわせ」

と、命じ、屋敷内へ運び入れて手当をしてやり、すぐに小熊の前へ出て、

「……元気を取りもどすまで、とどめおきてよろしゅうござりますか？」

「よいとも」

「越後から、母と共に、はるばる出てまいったそうにござるが、途中、母は病死をとげたと申します」

「ほう。そりゃ気の毒に、な」

女は、母と自分を捨てて故郷を失踪した父親をさがしもとめているのだ、と、もらしたそうである。

数日して……。また坂山伝蔵が小熊に、

「どうやら恢復いたしましたなれど……落ちつくところもないようでござる。いかがでありましょう。当御屋敷で召し使われましては？」

と、いった。

「いいとも。いいようにせい」

次の日から、女が小熊の身のまわりの世話をするようになった。

女の名をお江《えい》以という。

小むすめではない。成熟した躰つきの、二十二歳になるという彼女は、まめまめしく小熊につかえた。

これまで、道場には女の気配もなかった上に、岩間小熊として、このような経験をするのは、はじめてのことであった。やわらかい、よいにおいのする女体が、いつも自分のそばにいてかしずいている。衣服を着替えるときなどは、いちいち着せかけ、帯までむすんでくれる。袴のひもまで……。そうしたとき、お江以の、妙に熱い呼吸が小熊の官能へ何ものかをうったえかけてくるようなのだ。

何かのひょうしに、たがいのゆびとゆびがふれ合ったりすると、小熊は雷にでもうたれたような衝撃をうけた。小熊はまだ女体を知らなかった。

めっきりと春めいてきた或夜に、酒後の臥床《ふしど》へ入った小熊の枕もとへ、お江以が水をはこんできた。

小熊は、ねむっているようによそおっていたが、全身に血がのぼり、こらえにこらえていた。いままでに、こうした夜を小熊は何度も経験している。

ねむり灯台《とうだい》の、ほの暗い光の中で、お江以は、いつもの夜とちがい、いつまでも立ち去ろうとはしない。お江以のあえぎが高まってくるのを、小熊はきいた。

どれほどの時がながれたろう。

急に、お江以が立って行き、灯火を吹き消した。

「おい」

お江以に背を向けていた小熊が、はね起き、女を抱きすくめたのは、このときである。

「ああ……殿さま……」

お江以が、なやましげにささやき、しなやかなゆびを小熊の厚い胸肉へさし入れ、しずかに愛撫しつつ、

「殿さま。ああ……」

息も絶え絶えに、またいった。

いまや岩間小熊、たとえ相手が女にせよ〔殿さま〕とよばれたのだ。

「お、おえい……」

「との、とのさま……」

ただ夢中で、女を抱きしめ、うなり声をあげている小熊を、お江以が巧妙にいざなっていった。

この夜から、小熊の寝間へ、共にお江以がねるようになった。

「妻にする」

と、小熊がいえば、

「うれしゅうございます」

お江以が応ずる。

二月二十五日。二人は、屋敷内において婚礼の式をささやかにあげた。

徳川家からも、板倉勝重の名代として田尾主水《たおもんど》が祝いに来てくれたし、小熊はただ無邪気に、ひたすらうれしくて、有頂天になった。

しかし、田尾主水は何か不快な表情で、用事をすますとすぐに帰ってしまった。

江戸崎の土子泥之助へは、このことを知らせなかった。わざと知らせなかったのではない。

いまの岩間小熊は、江戸崎の雑木林に包まれた汚ない小さな道場のことなど、忘れきってしまっていたのだ。

其後……泥之助のほうも無音《ぶいん》であった。

春が来て、夢のように去った。

小熊は朝になるや、颯爽《さっそう》と道場へあらわれ、門人たちを教えた。夜になると、お江以を抱き、本能のよろこびにひたった。

道場は繁栄した。

髪も、お江以が毎朝ゆいあげてくれる。

血色のよい、小熊の魁偉《かいい》な容貌に一種の威厳が加わり、口のききようや身のこなしにも一流派の主としての貫禄がそなわりはじめた。

夏が来た。

そして……異変が起ったのである。

五

この異変を、根岸兎角が耳にしたのは、事件後、半歳を経てからであった。

異変とは……。

岩間小熊の怪死であった。

その朝。小熊の眼ざめがあまりにおそいので、門人たちが寝間へ入って見ると、小熊とお江以が半裸の寝姿のまま惨殺されていたのだそうである。

小熊は、数カ所の槍疵《やりきず》をうけ、血の瓶《かめ》から引きあげたようになってい、お江以も同様であったという。

現場に、小熊へとどめを入れたとおもわれる信国の短刀が抜身のまま置きすてられてあった。この短刀が、門人たちの証言によって、根岸兎角のものとわかり、

「試合に負けた兎角が、その遺恨をはらすため、そっと忍び入って小熊を暗殺した」

ことになっているときいて、

「ばかな!!」

兎角は激怒をした。

たしかに信国の短刀は自分のものであったが、江戸を去ったときは着のみ着のままだ

ていた。

ったし、座敷へ置いたままだったのである。

そのころ兎角は、近江の国・犬上郡の山すそにある十方寺という小さな寺にいた。

その寺へ、江戸から来た旅僧に、小熊の異変をきいたのである。

江戸を逃げるように去ってからの兎角は、巌のような自信をみじんに打ち砕かれていた。

後年、彼が〔微塵流《みじん》〕を創始して、一派の祖となった由縁であろう。

(おれの剣は、まことに未熟なものであった……)

ことあろうに、あれだけ絶大な自信をもっていた岩間小熊に、川の中へ放りこまれるという醜態を演じてしまったのだから、剣士としての兎角の苦悩は当然であったろう。

そうなってみて、もっとも兎角をおもいなやませたのは、亡き師・諸岡一羽斎のもとから盗み取った白紙の秘伝書のことであった。

(師は何故に、あのような白紙の伝書を遺されたのか？　一字も記していない伝書などあるものではない。だが、師はあえて、この伝書を大切に、厨子棚の奥ふかく仕舞いこんでおられた。何故か……それは何故か……？)

であった。

兎角は、一羽斎亡きのちは、かならずあの秘伝書をめぐって、自分と小熊と泥之助があらそわねばならぬと信じていた。

一羽斎は死を眼前にのぞみ、秘伝書を三人のうちだれにゆずるかを一語も洩らさなかったのである。

兎角は、どうあっても秘伝書を我物にしたかった。一羽斎が精魂をこめて書き遺したであろう一羽流の神髄を見たかった。

兎角が、もっともおそれたのは、江戸崎の不動院・和尚、幸全が、親友だった一羽斎の遺言をきいていないか……ということであった。

(もしも、そうだとすれば……?)

兎角は、もっとも古くから亡き師の身近くつかえていた土子泥之助へ、

「伝書をあたえるように」

一羽斎が幸全和尚へ遺言しているにちがいないと、おもった。

そのおもいがつのり、たまらなくなってきて、ついに秘伝書を盗み、逃走したのである。

逃げて、伝書をひらいて見て、おどろいた。

しかし彼は、江戸へ来て道場をひらき、次第に名声を得るようになってからも、尚、白紙の秘伝書を捨てきれないでいた。

そこに、剣士としての彼の〔良心〕があったといえよう。

(何かある……この白紙の中に、亡き師は何ものかを語っておられるにちがいない)

そう考えた。

小熊に負けたとき、あっさりと白紙の伝書を彼にゆずりわたしたのも、

(小熊よ。お前にはわかるまい……というよりも、この白紙の意味を考えようともしまい。だがおれは、これから尚、修行をつみ、かならずや、この伝書の意味を解いてみせる。そして、ふたたび、おぬしと勝負を決するつもりだ)

失意の底に、まだその意欲が残っていたからである。

同時に彼は、自分の剣をみがき、一羽流にこだわらぬ独自の流派をあみ出そうと決意したのだ。

果して……。

岩間小熊は、白紙の伝書を見て単純に失望し、無造作に伝書を土子泥之介のもとへ送りつけてしまった。

(白紙の伝書なぞ、持っていても仕方がないわい)

であった。

この一年……。

根岸兎角は諸国を遍歴しつつ、修行をかさねて来た。現にこの冬は、十方寺を出て近江の山中へこもり、雪にうもれたきびしい自然の中で只一人、心身を鍛えぬくつもりでいたのだ。

（だが……これを、黙って見すごすわけにはゆかぬ）

江戸では……眠っていた小熊を卑怯な手段で暗殺した犯人に兎角をあてている。

兎角はいま、宮津大和《やまと》の変名で十方寺の世話になっていた。だから何も知らぬ旅僧が、江戸できいたうわさをそのまま、兎角へつたえたのである。

兎角は、すぐさま十方寺を出発した。

文禄三年も暮れようとしている。

六

先年から、豊臣秀吉がおこした朝鮮征討の軍は、日本と朝鮮と和議交渉の段階に入り、一時は肥前・名護屋の本営へ出張していた徳川家康も、秀吉のゆるしを得て江戸に帰城している。

文禄四年の年が明け、江戸の町は相変らず、町づくりの活気にあふれている。

岩間小熊が暗殺されたのち、神田台上の屋敷は、あの坂山伝蔵のものとなった。

つまり坂山が、故小熊よりゆるされ、一羽流の後をつぎ、道場主となったわけだ。

坂山伝蔵は、このとき三十五歳。上州・関根の郷士の家に生まれ、早くから神道流をまなび、北条氏の軍に参加し、戦場へも数度、出たことがあるそうだ。

実家には財産もかなりあるらしい。

それを送ってよこさせ、派手やかに道場を運営している。

こうなると、前から坂山の配下のかたちになっていた伊豆茂右衛門をはじめ、釜屋、玉川、黒坪、長瀬の五名は、いまや坂山道場の高弟ということになる。

その伊豆茂右衛門が、新年早々の或日。城下を流れる平川の南岸に密集する繁華な町なみへ一人でやって来た。このあたりは、むかしから諸国の商品が集散する商業地帯でもあったし、したがって遊女町もある。

その一軒へ日中から入って、したたかに酒をのみ、売女を抱き、伊豆が外へ出たときには、すでに夕闇が濃かった。

平川をわたり、神田橋へ出る。

彼方は神田山がのぞまれ、その東端に坂山屋敷がある。

風は絶えたが、底冷えがつよい。

灯の用意がない伊豆は足を速め、神田台地をのぼりはじめた。

人影は全くない。

突然、横合いの竹藪の中から走り出た旅姿の武士が、伊豆の下腹へ拳を突き入れた。

あっ……と思ったのが最後で、強烈な当身をくらった伊豆は、たちまちに気をうしなってしまった。

編笠の武士は、根岸兎角であった。

兎角は、失心をした伊豆を、竹藪の中へかくしておいた馬の背に乗せ、夜の江戸城下へひそかに入った。

江戸城北の代官町の一隅に、関東奉行・板倉勝重の重臣・田尾主水の屋敷がある。

兎角は、江戸にいたころ、この田尾主水と深い親交があった。

兎角と、馬の背に乗せられた伊豆とは、田尾屋敷の中へ吸いこまれていった。

伊豆茂右衛門が息を吹き返したとき、彼は手足をきびしくしばりつけられてい、彼の眼前には、根岸兎角と田尾主水の二人がおり、伊豆をにらみつけていた。

伊豆茂右衛門は仰天し、恐怖にふるえ出した。

「いえ!!」

と、兎角が叫んだ。

「すべてを白状してしまえ。岩間小熊を殺したのは坂山伝蔵であろう」

兎角ひとりなら、伊豆もしばらくは沈黙を守ったろうが、関東奉行麾下《きか》の田尾主水の屋敷へ引致《いんち》されたと知っては、伊豆も観念せざるを得ない。

「すべてを、いつわりなく申したてるなら、お前の一命はたすけてやる」

と、田尾主水にいわれ、伊豆はこころを決めてしまった。

「おそれながら……」

と、伊豆茂右衛門が、ぼそぼそと語りはじめた。

その自白によれば……。

坂山伝蔵は、はじめから小熊を暗殺するつもりで、彼を道場へ迎えたものらしい。意図は明白である。小熊につかえて高弟筆頭となれば、小熊の死後、坂山が後をついでもふしぎではないからだ。

お江以は、もと出雲大社の女神子《みこ》で、のちに京の都へ出て他の女神子たちと共に遊芸（女歌舞伎の始）を見せて暮らすうち、当時のならいで半ば春をひさぐようにもなったのを、そのころ、京へ来ていた坂山伝蔵と知り合い、坂山のいうままに江戸へ来て、以後は彼の「もちもの」となっていた。

そのお江以を、坂山が小熊へ押しつけたのである。仮病をつかい、わざと屋敷前に倒れていたのも、そのためであった。

これは、小熊の歓心を買うと共に、ゆだんをさせ、時が来ればお江以の手をもって毒酒を小熊にのませる計画であった。

ところが……。

お江以は、次第に、小熊の性情にこころをひかれてゆくようになった。

坂山の卑劣な行動に愛をうしなった彼女は、天真無垢の純情をもって自分を愛撫してやまぬ小熊へ、いつの間にか女の愛を移してしまっていた。

坂山伝蔵が毒殺計画をもらしたとき、お江以は、これを厳然としてはねつけた。

秘密をもらし、これを承知しておけぬというので、お江以はその場で斬殺された。

小熊が殺されたのは、その夜だ。

お江以が発熱し、夜の寝間へは来られぬことを伊豆茂右衛門が告げ、見舞いに行くという小熊へ「いまはよくねむっておいでゆえ、後刻では」といい、酒をすすめた。まだ毒酒ではない。

酔いが小熊にまわってきたところで、毒酒を出した。

小熊は、これをのみ、たちまちにして吐血し、もがき苦しんだ。

そこへ坂山伝蔵をはじめ、五人が槍刀をひっさげ闖入《ちんにゅう》し、なぶり殺しにしたのである。

一切を白状し、死人のようにくびうなだれた伊豆茂右衛門をかえり見つつ、兎角が田尾主水にいった。

「おわかり下されましたか」

「いかにも。関東奉行にかわり、田尾主水たしかに見とどけた」

「これにて、それがしへのうたがいは、はれましたな」

「いうまでもない」

「では……」

と、兎角は立ち上った。

「やるか？　兎角」

「はい」

「助勢は？」

「いりませぬ」

「ふむ。で……この伊豆めは？」

「田尾様のおこころのままに」

根岸兎角は、飄然として、田尾屋敷から出て行った。

七

根岸兎角が単身、坂山伝蔵屋敷へ斬りこんだのは、この夜ふけであった。

雪がふり出していた。

屋敷の門は堅くとざされている。

兎角は事もなげに土塀を乗り越え、裏手へまわり、小者二人を叩き起し、彼らに命じ、屋敷内の廊下へ、ひそかに掛け灯台のあかりをともさせ、内側からの戸締りを厳重にさせておいた上で、

「伝蔵ほか、みなの者を起せ」

と、いいつけた。

この夜。屋敷内にいた門人たちは七名である。

坂山伝蔵がねむりからさめたとき、眼前に、ふるえおののいている小者と、根岸兎角の姿があった。

「あっ……」

さすがに坂山は、すばやく大刀をつかんではね起きた。

「伝蔵。伊豆めは田尾様御屋敷へ押しこめたぞ」

「な、なんと……」

「それでよいか。まいるぞ」

「わあっ……」

一瞬の絶望の後に、獣のような叫びをあげ、坂山伝蔵が抜き打ちに兎角へ襲いかかった。

兎角の躰が宙へ飛び、天井板へ音をたてた。

空間をむなしく切り裂いた坂山の頭上をななめ横に飛び下りつつ、兎角が腰を沈め、

「曳《えい》!!」

脇差をもって、坂山の腰を切り割った。

「ぎゃっ……」

振り向いた坂山伝蔵の首が、転瞬の間に切り飛ばされた。

廊下へ駈けあらわれた門人たちが、

「曲者ぞ!!」

「斬れ!!」

わめき合いつつ、抜刀して押し出して来た。

彼らはまだ、曲者が、以前の師であることを知らなかったらしい。

廊下へ走り出た兎角が、脇差をふるい、釜屋と黒坪を斬り殪《たお》したとき、はじめて彼らはそれと気づいた。

玉川も長瀬も、他の三名も、悲鳴のような叫びを発し、いっさんに逃げた。

兎角は追わなかった。

「お前たちも逃げよ」

小者たちに、兎角が命じた。

そして彼は、無人となった屋敷へ、火を放った。

神田台上の、ひろい庭にかこまれたこの屋敷が完全に焼け落ちたとき、根岸兎角は江戸城下をはなれ、西へ向ってひた走りに駈けつづけていたのである。

この後、およそ五年ほど、根岸兎角は消息を絶った。

この間、常陸の国・江戸崎の旧諸岡道場では……。

土子泥之助が、二十人ほどの門人を教えつつ、半ば農耕の生活をいとなみつづけている。

泥之助は妻を迎えていた。

江戸崎の庄屋の三女で、るいというむすめを、不動院の和尚の口ぞえでめとったのである。

門人の数も減ってしまったが、泥之助は少しも意に介せず、妻と二人の子と、棒谷戸八郎ほか三名の門人たちと落ちついて暮らしている。

恩師が遺し、兎角から小熊の手を経由し、ふたたび江戸崎にもどった秘伝書一巻は、むかしのままに厨子棚へ安置されてある。

この伝書が、小熊からもどされてきたとき、もちろん、泥之助は中を見ている。

その白紙の伝書を見たとき、泥之助は、すぐに微笑し、こっくりとうなずいたものだ。

兎角や小熊とはちがい、土子泥之助は、秘伝書をひろげて見たとたん、その白い紙面から、たちまちに亡き師、一羽斎の声がたちのぼってくるような気がしたのである。その声、そのことばは、兎角も小熊も耳にしていた筈である。

これだ。

「……兎角は兎角。小熊は小熊……そしてのう、泥は泥よ」

そのときまでは、ただ何となくききとっていた師のことばが、白い伝書を見たとたんに、

（そうか……）

はっきりと、砂に沁み入る水のような素直さで、のみこめたような気がしたのだ。

つまり、剣士はおのれにもっとも適切な生き方をし、

（おのれ一人の剣法を生み出せ）

と、いうことなのだ。

性情も素質も異なるそれぞれの門人に対して、

（わしの秘伝などを当てはめようとおもわぬ。また役にもたたぬ。わしは、それぞれの素質、太刀すじに応じ、それをのばし実らせようとつとめてきた。それ以上のことをしたくはないし、出来もせぬ）

と、一羽斎はいっているのか……。

〔一羽流〕は、「兎角にも、小熊にも、泥之介にも、それぞれの素質と性格に応じて、剣の道に生きてくれればよいのだ」

それが、

「兎角は兎角……」

になるのである。

白紙の伝書を巻きおさめ、厨子棚へ安置したときから、泥之助の肚はしっかりときまった。

（おれは、しずかでおだやかで、人の情《こころ》のあたたかな江戸崎が好きだ。ここで百姓をし、

そしておれの剣のこころと志を同じくする人たちと共にまなびたい）

これであった。

名誉も栄達も、泥之助には無用のものなのである。

だから彼が、立派な剣士だというのではない。泥之助が、それを欲しないということだけなのである。

この心境を、後になって不動院の和尚へ語ったとき、

「うむ」

幸全和尚は大きくうなずいてみせ、

「白い、純一無垢な巻物一つ。その中に語られるものは、無限じゃ」

と、いった。

こうして、土子泥之助は、岩間小熊が江戸崎を去ってからの七年間を生きてきた。

今後も、彼の生き方は変るまいし、事実、泥之助は一生を江戸崎に埋もれて終わった。

彼の門人たちも、それぞれに持てる才能を生かした剣士となったが、その中でも棒谷戸八郎は、のちに水谷八弥と名乗り、遠州・横須賀の城主・大須賀康高の家臣となった。

＊

ところで……。

根岸兎角は、どうしたろうか。

坂山伝蔵を討って五年後に、兎角は、どこからともなく相州・小田原城下へあらわれた。

すでに前年、豊臣秀吉は病歿している。

それに代わって、徳川家康の名望はいよいよ大きなものとなっていた。

この年、慶長四年は、あの関ヶ原合戦の前の年である。

兎角は、名を信田《しのだ》（信太ともいわれる）主膳とあらため、

〔微塵流〕

を称して、小田原へ道場をひらいた。

どこで、どのような修行をつみかさねてきたものか。いまの兎角は言語《ことば》を発することもあまりなく、おのれの心身から発散する威厳によって、多くの門人たちを畏敬せしめたという。

兎角は兎角なりに、一派を創始した立派な剣士となった。

関ヶ原の戦争が終り、天下の権が徳川家康の手につかみとられた後、

「ぜひとも、わが家臣に……」

と筑前・福岡の城主・黒田長政が執拗に兎角をのぞんだ。

何度もことわったのち、ついに、ことわりきれなくなり、兎角は黒田家へ高禄をもっ

て召し迎えられることになった。

名も、信田大和守朝勝となる。

大和守朝勝は、寛永十二年に六十八歳をもって病歿したが、死にのぞみ、高弟・曾我又八郎へ、

「わしも死ぬるに当って、ただ一つ、こころ残りのことがあるわえ」

と、いった。

「は……？」

「わからぬ。わからぬのじゃよ」

「何が、でございましょうや？」

「いやなに……こちらのことよ」

眼をとじ、根岸兎角は……いや信田大和守朝勝はこんこんとねむりはじめた。

福岡城下の閑静な屋敷内にも、春の陽ざしがみちあふれていた。

大和守朝勝には、妻もなく、子もない。

三日二夜。ねむりつづけたのち、信田朝勝は、ふっと眼ざめた。

枕頭には、曾我又八郎ひとりであった。

夜ふけである。

信田朝勝が、又八郎に命じ、床の間の飾り戸棚から二つの巻物を出して来させた。

〔微塵流・秘伝書〕と、表記してある。

又八郎は息をのんだ。

「そちに、これをつたえる」

朝勝がいった。

「はっ……」

多勢の門人の中から只ひとり、師の後継者にえらばれた光栄に、曾我又八郎は双眸をかがやかせた。

「たのむぞ」

「はっ。およばずながら……」

「よし。これで、よし」

またも、信田朝勝はねむりに入った。

朝になった。

昏睡状態の中で、白いひげにうもれた朝勝のくちびるが、かすかにうごいた。

「は……？」

又八郎が耳をよせると、

「……白い……白い……伝書が、わからぬ。まだ……まだ、わしには、わからぬ」

朝勝の声が、とぎれ、とぎれに、そうきこえた。

その夜。信田朝勝は息を引きとった。

曾我又八郎が、朝勝にゆずられた伝書二巻をひらいて見ると、中は、朝勝の筆によって、およそ三十ヶ条におよぶ〔微塵流秘伝〕がしたためられてあった。

妙音記

一

女武芸者の佐々木留伊《るい》が、夜の町に出没して〔辻投げ〕を行うのも、つまるところは、男を漁り男を得、子を生み、妻となり母となりたいがためのことなのである。

けれども——女一般が、本来その女体にそなわった本能が命ずるまま、無意識のうちの媚態媚情をもって異性を牽《ひ》こうとするのと同様に、留伊もまた、自分の、女だてらに乱暴な所業を意識しているわけではない。

とにかく、いまの留伊が、何よりも男を欲しがっているということに異論はあるまい。それも自分にふさわしい、と言うよりも佐々木の家にふさわしい男でなくてはならない。他の女が異性の風姿容貌に選択の眼を熱中させるのと同様、留伊にとっては、まず相手の武芸が問題となるのである。

「これ、留伊。何も武芸指南の家柄を継げというのではない。そなたに配偶者さえあれば家名がたてられるのだ。殿様のお気が変らぬうち、一時も早く、相手を見つけ出すことが肝要じゃ。わしに任せてくれんか、悪いようにはせぬ。あの頑迷な、そなたの父も今は亡い。よって、そなたを望むものは、いくらもあるじゃろ。いや、ある筈じゃ」

しばしば留伊を辰之口の江戸屋敷へ呼びつけては、叔父の中西惣太夫が説得にかかると、留伊は、

「私を打ち負かすほどのお方なれば、否やは申しませぬ」

と、頑強に答えるのみであった。

惣太夫も呆れて、それではとても家名を起すことが出来ないではないかと詰《なじ》ると、思う相手が見つからぬ上は、このまま家を潰すのも已《や》むを得ない、何事も父の遺志であるからと答えて、留伊は執拗に、自分との試合に勝った者でなければ結婚しない、いや出来ないと言い張るのである。

近頃は、惣太夫もあきらめたものか、呼出しもかかってこない。それに、留伊が藩邸へ来るたびに、惣太夫は大いに赤面するのであった。

「留伊が来るのもようございますが、そのたびに私どもも恥かしい思いをせねばなりませぬ。まるで見世物のような——女だてらに、まあ何という真似を……」と、惣太夫の妻も顔をしかめる。

留伊は髪を若衆髷に結い、薄むらさきの小袖、黒縮緬の羽織に四ツ目結《ゆい》の紋をつけ、素足に絹緒の草履をはき、しかも細身の大小を腰に横たえ、肩で風を切って藩邸へやって来る。

「やあ。佐々木の女樊噲《はんかい》が来たぞ!!」と、屋敷内の侍、足軽、小者に至るまで飛び出して来ては、目ひき袖ひき、これを見物するのだ。

すらりと引締った留伊の肉体は爽やかに動き、優美な男装を颯爽とひきたてる。化粧ぬきの健康な小麦色の面は冴え、切長の眼が正面を見据えたまま、すたすたと通り過ぎるのを見送って、家中の若侍共も、ちょっと息を吞むかたちになる。

「留伊殿の、あの一文字に、きゅっと引いた眉の濃さ――ありゃ、毛深いぞ」

「なめらかな肌をしとるなあ、おい」

「くそ!! おれは、あの女樊噲の男装をはぎめくって、中身へ飛びかかり、思いきり翻弄してみたくなったわ」

「おれもだ。ええ、もうそうなったら、あの女樊噲め、どんな音《ね》をあげるか、こいつ考えただけでも武者振いがする」

「思いきって婿入り試合をやってみろよ」

「ひゃ――それは御免、御免」

男装の留伊の妖しい倒逆的な魅力に奇声をあげる若侍達も、彼女と立合って勝つ自信は微塵もない。現に――勢込んで婿入りを望み、無惨にも留伊の腕力に屈した者が何人もいて、これは家中の笑いものとなり終った。

「わしの心も知らずに、留伊のやつ……もう勝手にせい」

と、叔父の惣太夫も匙を投げたようだ。

留伊は、土井大炊頭《おおいのかみ》利重（古河十万石）の家中で武芸指南をつとめていた佐々木武太夫の一人娘であった。

十七歳の春に御殿へ上り、利重夫人の侍女となった。利重、早くも留伊の美貌に眼をつけ、或夜、機会をとらえて留伊の後から抱きつき、その項《うなじ》を吸わんとした。

利重の唇と両腕は、むなしく空間に泳ぎ「これ!! 留伊。余に逆らうか——」と、君主の威厳を誇示して再び差しのべた利重の右手を、留伊は無言のまま、ふわりと摑んだ。

手から全身へ、おそろしい痛みと痺れが衝きあげ、利重はうめいた。

「放せ。いささか、たわむれたまでじゃ。放せ」

「おたわむれ遊ばしませぬな？」

「おう……せぬ。せぬから、放せ」

このことを、利重は笑って夫人に打明け「よほど武太夫から仕込まれたものと見える」と、感嘆した。主君の手をひねって痛い目に会わせたからには、留伊も決死の覚悟であったのだが、以来、留伊は利重夫妻から深く信頼され寵愛を受けるようになったという。留伊の誠実な奉公ぶりは、誰の目から見てもあきらかであった。

留伊の父、佐々木武太夫は、――一刀流の剣術、柳生流の鎖、神道流の馬、関口の捕手と柔術、それぞれに奥義をきわめたほどの達人である。

〔責而者草《せめてもぐさ》〕という本に――娘於留伊に幼少より鍛錬させ、女ながら事にのぞまば一方の用に立つべしとて、残らず伝授せり（中略）家に男子なきため、再三、養子すれども、偏屈《へんくつ》に武張りたる武太夫なれば、尻を据えるものなし。これによって相続の子なく、終に武太夫病歿す。亡後の養子叶い難く、家名断絶す。留伊、残念に思えども武家の法なれば詮方なく（中略）御暇願いて浅草聖天町に引移り、表口三間に黒き格子つけ、玄関に槍、長刀、具足櫃《ぐそくびつ》等を置き、入口には暖簾をかけ、宿札には〔武芸諸芸指南所、女師匠佐々木氏〕と記す――と、佐々木父娘について記されている。

留伊は、母が病歿した五歳の夏から父の教えを受けた。晩婚の武太夫は、以後、再婚を望まず、養子によって家督させるつもりだったが、前述のように、到底、武太夫の厳しい鍛錬に及第するものはなかった。

留伊が二十歳の冬に、武太夫は六十二歳で急死した。死にのぞみ、武太夫は留伊に言った。

「すべては終った。わが家は武道をもって禄を食《は》んできた。今どきの脆弱な若者どもを養子にする位なら、この家、潰しても惜しくはない。お前も、覚悟しておれ」

男子なき家は断絶と決ったことだが、利重夫妻は留伊の身を心配し、婿とりが決り次第、家名をたててやろうと言ってくれたし、中西惣太夫はじめ親類一同が利重の意をふくみ、家中の次三男のうちから種々多様な候補者を見つけてきては、留伊にすすめた。

すると留伊は――身分の上下、容姿の如何《いかん》を問わず、自分を打ち負かしたものならば、よろこんで迎えたい――と言うのである。

武太夫ほどのことはあるまいからと、ここ二年のうちに、十余人に及ぶ候補者が名乗り出たが、駄目であった。

聖天町の自宅へ、五間に三間という小さいながら板張りの道場を設けた留伊は、ここに候補者を通し、さんざんに打ちのめしてしまう。

留伊にしても、今では亡父の遺志を、それほどまでに遵奉しているつもりはない。しかし、彼女が父武太夫一人の手で生育された過程に於《お》いて、根強く彼女の心身を支配する武術への憧憬を信頼と矜持《きょうじ》を排除してまでも、わが一生を托す気にはどうしてもなれないのである。

婿とりすれば家名をたてようと殿様が言ってくれているだけに、留伊も必死であった。ぐずぐずしていれば折角の好意を無にすることになるし、余り強情を張りつづけては殿様も不快になってしまうだろう……と、気が気ではない。

それにしても、現われる候補者のどれもこれもが、余りにも拙劣な武芸しか持ち合せていないのを知り、留伊は呆れ返った。

戦国の世が終ってから約五十年。徳川幕府統治の下に平和と繁栄が約束されたという武士の世界には、もはや武芸などは不要のものとなったのか……。

剣の捌き方も満足に知らず、五体五感の働きの深奥をきわめようともせず、小器用に算盤をはじく頭と手を持っていれば、それでよいのか……。

（武芸をきわめることは、とりも直さず、人としてあらゆる用に通達すべきもの――と、父上はおっしゃった。だのに、このありさまは……女の私に指一本させぬとは……いずこの家中も、みなこの程度なのか――それにしては余りにも情けない男達ばかり……）

留伊は嘆息した。

それにしても留伊は強すぎたのである。

試みに夜の町へ出て、通行の侍に挑んでみた。ところが、今までに一人として留伊の挑戦を撥ね退けたものがない。

「曲者!!」などと一応は喚き、抜刀して飛掛って来るものもいるが、腰車にかけて投げつけてやると、泣くような悲鳴をあげて逃げて行くやつもいる。

当時は、旗本奴《やっこ》とか町奴とか、武家にも町民にも荒っぽい気風があって、伊達風俗に肩をそびやかし、刺激のなくなった平穏な世相に逆らい、むやみやたらと喧嘩を売ったり買ったりする乱暴者も多かったのである。

白柄組とか角袖組、身狭組、神祇組など、党を組んで市中を押廻る乱暴旗本を狙っては、留伊が挑みかかる。

相手も、むろん黙ってはいない。

——或は宿所へ仕懸け、または大道にて、腕に覚えのある者ども当り見れども、皆手ひどき目に逢える故、この婦人に手を出す者もなし——と、昔の雑書にもある。

或時——夕暮れの吉原田圃《たんぼ》で、荒くれ旗本五人を相手に闘い、一人残らず田圃の泥中にめり込ませたこともあるという。

(どうして……世の男どもは弱いのか……)

どうして、私はこんなに強いのかと自惚れないところは可愛いのだが……。

留伊の発育佳良な肉体は熟れきっている。

その肉体と、日毎にたかぶってくる女の感情を押えているものは、骨の髄まで沁み通った亡父の訓育である。鍛錬である。

そのことに気づかず、留伊は鬱積した苦悩を、悶えを、ただひたすら武芸の発揚に叩き込む。その目標にされたものこそ災難であった。

夜毎さまよい出ては敢行する〔辻投げ〕に、または道場へ押しかけて来る荒くれどもを相手の闘いに、留伊は夢中になっている。

体得した武芸のうち最も得意な柔術の技をふるって〔辻投げ〕をはじめたのも、もしや候補者が……という期待からであったのだが、現在の留伊には、それにもう一つのものが加味された。

(早く、私を負かしてくれる人が現われないものか――それでないと、家名が潰れる。父上に申しわけがないもの。それに、私だって……)

などと、堅くふくらんだ乳房をひとり抱いて眠れぬ夜があるかと思えば、

(まあ、今夜の侍の何と他愛もない。肩を入れて放り投げたら、五間も飛んだもの)

得も言われぬ爽快さに陶然となることもある。

女武芸者、佐々木留伊の名は江戸市中の評判となり、その評判は、留伊にとって意外なほどに高まっていった。

二

寛文二年三月二十五日――留伊は、常盤橋内の北町奉行所から召喚を受けた。奉行の村越吉勝は、みずから留伊を引見した。

ここに於ても、留伊が述べることに変りはない。吉勝は苦笑し、嘆息し、男装にしめつけられている留伊の女体を眩しそうに見守ったのち、

「わしが若い頃なれば、そのままには捨ておかぬところだが……」と、思わず洩らした。

「ま――おたわむれを……」

吉勝の、男を露呈させた双眸の輝きを見て、留伊の頭から面へ、見る見る血がのぼっ

た。

「それにしても市中の評判が騒がしすぎる。奉行所としても打捨てておくわけにはゆかぬ。もしも流血の争闘を見るようなことになってはと思い、そなたに来てもらった」

「申しわけございませぬ。以後は、きっと慎しみまする」

「そうしてもらいたい、頼むぞ——いや、理由を聞き、わしも得心した」

「何とぞ御内聞に……」と、留伊が恥かしそうに頼んだ。奉行は「心得ておる」と受け合ってくれた。

聖天町の浪宅へ帰って来ると、老僕の甚七と、その孫娘で今年十五歳になるおちいが喜色を現わして、留伊を迎えた。

「一体、どうなることかと思うておりましたが、何事もなくて、ようござりました」と、よろこぶ甚七に、留伊は、

「暴れ者相手の喧嘩三昧を禁じられてしもうた。それが、つまらぬ」

「何をおっしゃいます、そのような……こうなってはお嬢様。何ごとも中西様へお任せして、温和《おとな》しゅう婿とりなされました方が……」

「申すな!! 何も申すな」と、まるで武家言葉だ。

日がたつにつれて、留伊の様子が異様なものになってきた。早朝から道場へ出て、独り稽古をするのだが、傍で見ていて、甚七もおちいも目を瞠《みは》るばかりである。

六尺余の鉄棒を振り、二百回三百回と打込みをやり、次いで気合も激しく道場を走り廻っては宙に跳び、猫のように一転、二転と宙返りをやっては、またも跳ね飛ぶ、といったような稽古を繰り返す。それから長刀である。槍、木刀である。得物を取替え汗みずくになって二刻(四時間)は、たっぷりとやる。道場へ来ていた門弟も寄りつかなくなってしまった。門弟は主として町民であった。町奴のような乱暴者もいた。留伊の教導が嚙んでふくめるようなので評判もよく、近頃では冷やかし半分の連中も淘汰され筋のよい者達が二十名ほども通って来ていたのだが、一度に姿を消した。留伊の稽古ぶりが豹変したからである。

「そのようなことで武芸が体得出来るおつもりか!!」

絹を裂くような叱咤と共に、寸毫も容赦のない打込みがかかる。腕を摑まれ、足を払われ、叩きつけられる。

汗に蒸れあがった強烈な留伊の体臭を嗅ぐことは門弟一同のこたえられない楽しみであったのだが、今や、そんな余裕があるどころではない。道場へ行けば、留伊の激発の餌食となること必定であった。

今はただひとり、留伊が道場で荒れ廻っている。

そうかと思うと、不気味に静まり返ったまま、夜が明けるまで居間に引きこもり、何かしているらしい。

そうかと思うと、前には手もふれなかった台所へやって来て「私がやる!!」と、おちいの手を払い、米をといでみたり汁を煮てみたりする。これには甚七もおちいも困惑した。飯も汁も武芸のようにはいかないらしい。留伊がつくる飯は砂利のように固く、汁は舌が曲るほどに辛い。

「お嬢さま。私がやります」たまりかねておちいが手を出すと、たちまちに眉をつり上げ、

「お前は、私を女だと思うていないのであろ。女のすることを何も出来ぬと見くびっているのであろ」

「いいえ——そんな……」

「どうせ、私は嫁にも行けず婿もとれぬ女だ。おちいに見くびられても仕方がない」

「そんな、お嬢さま……」

「ええ。もう何とでも言え。思うまま私をからかうがよい。おのれ、おのれ……」

狂暴に、おちいをとらえ、その両頬をピシャピシャと叩く。当人は軽く叩いているつもりなのだろうが、おちいにとっては堪ったものではない。常人が叩くのとわけが違う。

「ひーッ」

おちいが泣声をあげると、留伊は、おろおろとして、

「悪かった。許しておくれ。痛かったかえ」

やさしく抱き寄せ謝るかと思うと、今度は狂ったようにおちいの円やかな五体を抱きすくめ、ぽってりとした熱い唇を、いきなりおちいの頬に吸いつけたりする。

「おじいさん。どうしよう。お嬢さまったら、今日も、あたしを……お部屋へおいでとおっしゃるから、行ったら……」

「どうしたのだ？　言ってごらん、言ってごらん、言って……」

「いきなり、こうして……あら、いやだ」

「何だよ？　言ってごらん。言いなさい」

「いや、言うの、恥かしい」と、おちいは妙に熱っぽくうるんだ眼を伏せて、身を揉む。

甚七も気が気ではなくなってきた。

「一晩中、しかも朝まで起きていなさるようだが、お嬢様は一体、何をしていなさるのだろう」

「書見ですって――」と、おちいが答える。

書見……と、まあ言ってもよいだろう。留伊が、弾む呼吸を懸命に押えつつ、飽かずに繰り返して見るものは、読むものは、一巻の絵巻であった。くだくだしく説明するまでもない。卑俗な毒々しい色彩で、上はやんごとなき御方々の、下は町民土民に至るまで、さまざまな人間の交合歓喜の態を描きつらね、それに猥褻《わいせつ》な文章が、びっしりと書き込まれてある。いずれ、名もない絵師の一人が小遣い稼ぎにやったものなのだろうが……。留伊が、この絵巻物を手に入れたのは、旧冬の或夜——神田勧進橋の袂《たもと》で、二人連れの旗本奴を襲ったときのことであった。

擦れ違いざま、物も言わずに相手の面を厭というほどに張り撲って行き過ぎると、一瞬は茫然となった相手も「待てい!!」と、抜刀して追いかけて来る。これを、にっこりと迎えて、

「どこからなりと……」ポキポキと指を鳴らし、留伊は身構える。何時もこの手で喧嘩を売るのである。

そのときも、旗本奴二人の白刃を潜って燕のように橋上を飛び廻り、さんざんに楽しんだ揚句、二人とも川へ投げ込んだ後、橋上に落ちていた袱紗包みを、折からの月光に開いて見た留伊は、ぎょっと息をつめ、素早く四辺に眼を配ったかと見る間に、絵巻を懐中に身を返し、一気に聖天町へ駈け戻って来たのであった。

この卑俗な絵巻——情容赦もなく男女の秘密をさらけ出した一巻が、留伊を悩ませ、苛立たせ、火をつけ掻き乱し、狂わせ哀しませ、憤激させたことは言うをまたない。

こうした留伊の明け暮れが反復する一方では——土井家でも、留伊についての評議が、藩侯夫妻や家老の間に重ねられていた。

北町奉行からの内密の通告もあり、公儀の手前もあることだし、町奉行の言う通り、これから後、留伊が市中に騒動を起して血を見るようなことになっては大事になる。

「こうなれば、余が命によって留伊を承知させよう。相手の男も余が選び、余が命ずる」ということになった。

哀れ、留伊の相手に指名されたは、土井家中でも武骨者で通っている小杉重左衛門の次男九十郎であった。中西惣太夫が留伊を呼び、主君の命を伝えると、留伊は、

「何とぞ、相手の方と試合を……」と強調して止まない。

「我を折り、男に負けるが、あくまでも厭と申すか。強張り女め!!」

さすがに利重も怒った。

「よし。余が命ずる。九十郎に試合をさせい。おそらく留伊めを屈服させ得まいが……そうなれば、これ以上、余も留伊に目をかけてはやらぬ。土井家とは無縁のものにして路傍へ放り出すより仕方があるまい」

三

小杉九十郎は、ただ一人で留伊の道場へ出向いた。

当初のうちは、候補者と留伊の試合の度びに検分役が出たものだが、結果が知れているので取り止めとなった。女に叩きのめされる若侍にとってもその方が助かる。醜態の事実を同じ家中のものに見られずにすむ。九十郎は、留伊より二つ上の二十四歳。父親の重左衛門そっくりの風貌である。ずんぐりとした短軀、あぐらをかいた鼻、味噌汁の

ような肌の色――おまけに薄い痘痕《あばた》まであった。

家は兄の三郎右衛門が継ぐわけだから、九十郎は一生部屋住みの身の上である。何処かへ養子の口を見つけなくてはならないのだが、九十郎に、その口はかかってこない。醜男《ぶおとこ》だからという理由もいくらかはあったろうが、とにかく小杉家と縁を結ぶのを誰もが厭がったことは確かである。

小杉家の当主、重左衛門は、留伊の父武太夫とはまた違った偏屈さをもっている。すべてに古臭い昔風を遵奉して口やかましいのはともかく、そのひねくれた性格も相当なものだ。重左衛門は小身の家の三男に生まれ、小杉家へ養子に来て、若い頃は養父母や細君に苛めぬかれたのが素因となって、武骨を売り物の拗《す》ね者となってしまったのだろうと、もっぱらの噂であった。

重左衛門の武芸は相当なもので、佐々木武太夫は生前に「あの男、拗ね者だが、いざというときには家中の誰もに退けはとるまい」と語ったそうだ。

こういうわけで、三郎右衛門、九十郎の兄弟も、かなり父親によって鍛えられてきている。九十郎も一刀流をかなり使う。むろん一応は、留伊の候補者に選ばれたこともあったが、主君利重は「あれはいかん。あまりにも留伊との釣合いがとれなさすぎる」と制した。

ここまできて、利重も留伊の強情を面憎く思ったものか――ともかく、主命とあれば仕方なかった。

（くそ!!　馬鹿にしておる）と重左衛門は怒ったが、

「こうなれば、死すとも女づれに敗けをとるな!!　もしも遅れをとったら、その場で腹を切ってしまえ、よいか!!」

と、九十郎を呼んで苛令した。

（くそ!!　馬鹿にしておる。何だ、あんな女……おれは少しも欲しくはないのにな）と、これは九十郎だ。留伊に勝つ自信は充分にあった。家中の次三男が次々に出て行っては留伊に打ち倒され戻って来るのを見て、舌打ちをしつづけていた九十郎である。

（何故、おれのところへ来ないのかな……？）

その理由も次第に呑み込めてきた。それを今更、おれに押しつけるなどとは、いかに部屋住みの身だからといって馬鹿にしすぎるというものだ……。

空は晴れていた。初夏の生暖い微風が、留伊の道場へ向う九十郎の痘痕面をなぶった。

九十郎を迎え、道場に現われた留伊は真白な麻の稽古着に短袴をつけ、紫の鉢巻をしめている。甚七とおちいは台所で息を殺していた。試合中の見物は留伊が許さない。九十郎も襷《たすき》鉢巻の仕度をととのえ、双方とも木刀をとって相対した。

「手加減はいたしませぬ。よろしいか」

約二間をへだてて木刀を構え、じりじりと右へ廻りながら留伊が言った。九十郎は無言であった。眼が張り裂けるばかりになって、留伊を睨みつけていた。

(成程。これは大したものだ)初めて立合ってみて、自分の考えていた留伊の腕前よりも、はるかに恐るべきものをもっていると、九十郎は思った。腕前も腕前だが、久しぶりに見る留伊の美貌は、まさに九十郎を圧倒した。

(ふうむ……これはまた、何と美しい女になったものだ)

九十郎は生唾を呑んだ。もともと、なよなよしい女は大嫌いな(向うが好いてくれないことがわかりきっているからだ)九十郎だが、稽古着、木刀に寸分の隙なく身を固めた留伊の颯爽たる美しさには一度にまいってしまったらしい。

(これは、出来る)と、留伊も思った。

けれども、結局、私には適うまいという見極めもつく。安心と落胆とが交錯し、事態がここまで来たからには、いっそ負けてやって……とも思う。

九十郎の容貌については、全く関心がない留伊である。ともかく武芸の達者が欲しい。

それのみであった。

二間の間合が、じりじりと詰められ、一間半、一間と近寄ったかと見るまに、裂帛《れっぱく》の気合が双方から起った。

留伊と九十郎の木刀は幾度か嚙み合って凄絶な響きを起し、気合は乱れ飛び、二人の体は道場一杯に飛び離れたかと思うと、すぐに迫り合っては激しい打込みが繰り返された。

「やあ——」時は来た。鋭い留伊の気合と共に撥ね飛ばされた九十郎の木刀は道場の天井へぶち当って落下した。

「まだ負けぬ!!」

岩のような九十郎の短軀が風を巻いて留伊を襲った。

「おう!!」と、留伊は木刀を投げ捨て九十郎に備える。

二人の体がぶつかり合い、揉み合って三間ほどもその位置を移したとき、「えい!!」留伊の腰に乗せられた九十郎の体は、道場の羽目板に叩きつけられた。

「くそ!!」激痛をこらえて起き上ろうとした九十郎に留伊が殺到し、押え込んだ。九十郎の襟を摑んだ留伊の双手に力がこめられた。九十郎はうめいた。うめきつつ、九十郎は留伊を見上げた。真っ赤に上気した留伊の顔が一尺そこそこのところにあった。稽古着の胸元がややひろがっていて胸乳の肉の盛り上りが半分ほど見える。そこは汗に光り、芳香を放っていた。

(よし!! このまま死んでもよし!!)覚悟のよい男である。九十郎は全身の力を抜き、眼を閉じた。

留伊が双手を離した。九十郎が落ちたかと思ったらしい。

変事が勃発したのは、このときであった。

道場の、汗の匂いがたちこめた空気を裂いて、異様な音が一つ鳴った。男のそれではない、いかにも若い女らしい、可愛らしいあの音であった。留伊が蒼白となった。

その音が自分の体の何処から出たものか――留伊は知った。緊張がゆるんだとたんの不祥事というより他はない。

九十郎が眼を開けて言った。

「留伊どの。今のは、拙者ではござらん」

留伊は口惜しげに無量の恨みをこめ、じっと九十郎を見つめていたが、急に、さっと双手を伸ばすと九十郎の顎を外してしまった。

（ああッ）声にならない。九十郎も狼狽した。

留伊が道場を横切って、走るように居間へ消えた。

九十郎は必死に自分の顎へ両手をかけた。もとより心得はある。一寸もたついたが、何とか顎を入れ直すことが出来た。台所から出て来た甚七とおちいは、おろおろしている。

「小杉様。一体、どうなされましたので……」

「な、なんでもないわ……」言い捨てて、九十郎は真っすぐに留伊の居間の戸を開けた。

「しばらく!!」躍り込んで押えるのと、留伊が短刀を自分の胸に当てるのと殆ど同時であった。

一髪の差で九十郎の方が早かった。短刀はもぎとられて彼方へ投げやられ、留伊は、九十郎に抱き倒された。

「しばらく――しばらく……」

「この上、私に、恥辱を、お与え遊ばすのか」

「し、しばらく……」

「離して――事もあろうに、あの様な……」

「しばらく。あの音を聞いたは拙者のみでござる。おわかりか、この秘密を知るものは拙者と留伊殿のみ。おわかりか、おわかりか」

九十郎は留伊の胸元を押しひろげ、いきなり南天の実のような乳首を吸った。割に素早い男である。

「あ……ああ……」身も世もない風情で、留伊は惑乱し、仰天し、陶酔した、のかも知れない。

ぐったりと留伊の全身から力が萎《な》えた。

「あの音、拙者にとっては――み、みょう、妙音と聞え申した」

「ああ、私の誇りも、今このときになって、このような恥辱を……」と、まだ譫言《うわごと》のように留伊は言いつづける。

九十郎は急に、留伊がいじらしくなり、その想いが激情を尚も募らせてきて、もう堪らなくなった。九十郎の手は、指は敏速に動いた。

「気にかけられるな。妙音——妙音でござった。夫となる拙者のみが知る妙音……よ、よろしいか、よろしいか……」

「く、くじゅうろうさま……」

ここでまた、九十郎の顎が外れた。急いでいたので、きちんとはめこまなかったのか……。

(ええ。構わん)機を逸してはならない。九十郎は外れた顎をそのままに、次なる段階へ急いだ。

居間の火桶に引裂かれた絵巻が燃えていた。胸を突かんとする前に留伊が処置したものだろう。さすがであった。

甚七はおちいを道場へ引張って来て息を殺している。

おちいは涙ぐんで「あんなお侍、大嫌い。あんなお侍にお嬢さんをやるのは厭!!」と拗ねていた。

かわうそ平内

一

その年——元禄元年の年が明けて、辻平内は四十歳になったわけだが、

「どうだね、あの腰のまがりようは……あれで剣術を教えようというのだから、おそれ入ったものだ」

「あの先生、六十をこえているのだろうね」

「とんでもない。七十二になるというよ」

平内が、ささやかな道場をかまえている小石川・表町に住む人びとは、このように平内を見ているらしい。

なんでも〔無外流〕とやらいう剣術をつかうのだそうであるが、近辺の旗本屋敷で剣術の一つもやろうという人たちにいわせると、

「ふふん、きいたこともない流儀だ」

そうな。

伝通院・表門口と通りをへだてた表町の小路にある平内の道場には、ただ一人の門人

すらいない。

近辺の人たちは、

「表町の乞食《おこも》先生」

とか、

「川獺《かわうそ》先生」

などと、彼をよんだ。

道場前の細い道が、いくらか坂になっているので、これを〔川獺坂〕とよんだそうである。

川獺は〔いたち〕科の小獣で水辺に住み、水をくぐって魚や蛙、蟹などを捕食する。暗褐色の、このけものの顔は鼠にも似ている。

もって、辻平内の風貌を察するに足りよう。

道場は、前に医師・椚《くぬぎ》某の住居であったというが、玄関を入ると、すぐに道場で、それも二部屋つぶしの八坪ほどの小さなものだ。このうしろに平内の居室、台所とつづいてあとは何も無い。

平内が、ここへ来たのは五年も前のことだけれども、そのときは、何でも麻布にある吸光寺という寺院の和尚が金を出してくれたらしい。

ところが間もなく、この和尚が病歿してしまい、そうなると辻平内も吸光寺にたよるわけにもゆかなくなったのであろう。

「昨日、ひょいと見たら、川獺先生、玄関口へしゃがみこんで、飯のかわりに生大根をかじっていた」

なぞと、口の悪いのがうわさするほどで、しかし当らずとも遠からずといったところらしく、辻平内家の台所から炊煙《すいえん》のけむりがのぼるのを見るや、

「ひゃあ、めずらしいことがあるものだ。川獺が飯をたいてる」

と、いうことになる。

門も玄関も、屋内も荒れ果てていたが、以上に辻平内の姿も荒廃している。

文字通りの蓬髪。垢じみた川獺面をしょいしょいしょぼさせ、夏も冬も、つぎはぎだらけの麻の着物に黒の袴。門人がいないのだから、先生、一日中、道場で昼寝ばかりしているのだ。

何処へ行くのか、たまさかに外出するときなど、小さな痩せこけた体をじじむさく折り曲げ、杖にすがるようにして出て行く。

これでは、入門する者がいよう筈はない。

「いったい、何を食べて生きているのだろうね?」

「霞かも知れない。ありゃ事によると大変な仙人じゃないのかえ」

それでも、このあたりは江戸開府以来の町であり、表通りには名の通った商家が軒を

つらねてもいて、伝通院前の書物問屋・伊勢屋平六とか、味噌問屋の柏屋清助などが、

「横丁の先生へ持って行っておやり」

時折は、にぎりめしや菓子などをとどけさせる。

使いの者が、これを黙って台所へ置いてゆくと、川獺先生、礼ものべずに食べてしまう。

つまるところ、辻平内は、こうした喜捨《きしゃ》とあわれみによって腹をみたしていたものと思われる。

さて。

この年が明けた正月十一日の夕暮れどきに、質素な身なりの旅の武士が二人、平内の道場へ入って行くのを見かけた柏屋の店の者が、

「大変だ、大変だ。川獺のねぐらに、さむらいの客が来た」

と、わめいたものである。

この五年間の辻平内の生活が、いかに索漠《さくばく》たるものであったかが知れよう。

二人の武士は、ひょろひょろとあらわれた辻平内を見て、

「われらは、越前・大野の者にて杉田庄左衛門、同名・弥平次にござる。辻先生にお取次をねがいたい」

と、名乗った。

「辻、平内は、それがしで」

ちょこなんと朽ちかけた玄関の式台にすわり、しわがれた声でこたえた平内を見やった二人の武士は顔を見合わせ、しばしは声もない。

平内が小さな鼻にしわをよせて笑顔をつくり、

「御兄弟でござるかな？」

「さ、さようでござる」

兄の杉田庄左衛門は、しっかりした顔だちの三十男で、言葉づかいにも節度があったけれども、弟の弥平次は二十そこその年齢に見え、これはもう露骨に失望と軽侮の表情を見せ、

「兄上。引きあげましょう」

と、ささやいた。

杉田庄左衛門は、これを制し、

「まこと、辻平内先生であられますか？」

「はぁい」

女のように細い、可愛らしげな声で返事をする平内を、兄弟は気味悪げに見つめる。

「何ぞ御用かな」

「実は……」

「京の扇問屋・雁金屋《かりがね》音治郎どのよりの添書《てんしよ》を持参いたし……」

「おお、雁金屋さんのな。それは、それがし当ての手紙でござるかや？」

「はぁ……」

「どれ、拝見」

受けて、一読して、辻平内が杉田兄弟を見上げ、

「貴公がたは、敵討つ身にござったか」

といった。

「はぁい」

二

杉田庄左衛門は、越前・大野四万石、土井甲斐守の家来……といっても二十石そこそこの軽い身分の者で、徒士《かち》組をつとめていた。

彼が弟の弥平次と共に、父・杉田伴助の敵を討つため、大野の城下町を発したのは旧臘のことであった。

その前年夏の或日。

すでに隠居の身であった伴助老人は、城下の商家・木屋万兵衛（紙商）方へ嫁いでいるむすめのお喜和をたずね、夕飯をよばれてから帰途についた。

上級の武家屋敷がならぶ一郭を外れたところに、山名源五郎の屋敷があった。

源五郎は若狭・小浜の生れだが、心貫《しんぬき》流の剣法者で、三年ほど前に召し抱えられた人物だ。

彼は、大野藩の家老職をつとめる堀四郎左衛門夫人の縁類にあたるもので、だから堀家老の手びきにより、土井甲斐守へ〔剣術指南役〕として仕官したわけである。

なにしろ、殿さまの信頼もあつい堀家老の縁者だというので、山名源五郎の羽ぶりはなかなかによろしい。

剣術もすぐれてい、大野藩では源五郎に勝てる士は、ほとんど無いといってよかろう。

いきおい、彼に傲慢のふるまいの多くなったことは、先ず順当のなりゆきというべきであろう。

年齢は三十二歳というが、まだ独身《ひとりみ》で、

「きびしい修行のため、女にはこころをうつしている暇とてもなかった」

と、源五郎はいうのだが……。

その夜。

山名源五郎邸から少しはなれた雑木林の前をさしかかった杉田伴助老人は、

「や……？」

ふと足をとめた。

林の中で、尋常のものではない女の、かすれた叫びを耳にしたようにおもったからである。

耳をすますと、たしかに林の奥に異常な気配がする。

伴助は、おもいきって中へふみこんで行った。

「これ……なんじゃ?……なにか、あったのか?」

声をかけると、

「助けて……」

押しつぶされたような女の声がして、すぐにとぎれた。

声の方向へ進み、伴助がさし向けた提灯のあかりの中に、草の上へねじ伏せられた若い女に暴力をふるい、これを犯そうとしている大男がうかび上った。

なんと、この大男が山名源五郎だったのである。

女は、近くにある足軽長屋に住む藩の足軽・津山五平のむすめであった。

「山名様ではございませぬか。何とてかような……ま、ここのところは何とぞ、そのむすめをお放し下されますよう」

伴助老人は、家老の親類でもあり、自分とは身分ちがいの源五郎に対し、あくまでも下手に出た。

ところが源五郎は承知をせぬ。

「去《い》ね!!　おいぼれめが……」

と、怒鳴った。

伴助も軽輩ながら一徹のところがあり、なんとしても、このまま津山のむすめを見捨てて去りかねた。

いい争ううち、山名源五郎が舌うちを鳴らすや、いきなり老人を一刀のもとに斬倒したものである。

さらに彼は、足軽のむすめにも一太刀あびせておいて、自邸へもどり、家老・堀四郎左衛門へあてた書置状をのこし、悠然として城下を去った。

伴助老人とむすめを無礼討ちにしたが、御迷惑になってはいかぬゆえ、ひとまず、江戸へおもむく……と、ごく簡単に書きのこしてある。

伴助はうごけなかったが、むすめは懸命に足軽長屋へ逃げ、すべてを父の津山五平へうったえた。

五平の口から、伴助のせがれ庄左衛門・弥平次の兄弟につたえられ、二人が雑木林へ駆けつけたとき、すでに伴助老人の息は絶えていたのである。

足軽のむすめは三日後に死亡をした。

当夜、このむすめは、病母の薬湯を取りに、医師・村岡高全《こうぜん》宅へ使いに出たところを、酔って通りかかった山名源五郎に襲われたらしい。

ところが、藩庁では、この事件を〔もみ消し〕にかかったものである。

第一に、犯人が権力者の縁者であること。

第二に、犯人が殿さまの甲斐守の気に入りの家来であったこと。

さらには、討たれた杉田伴助や足軽のむすめの家柄があまりに低いことから上層部の〔もみ消し工作〕の圧力が、すこぶる効果的であったからである。

で、足軽の津山五平は泣き寝入りとなった。

しかし、杉田兄弟は必死にねばりぬき、

「どうあっても仇討ちの許し状の下付を御ねがいたてまつる」

申したてて、一歩も退かぬ。

堀家老は人を介し、暗に、

「もし、何事もなきようにしてくれるなれば、五十石二人扶持をあたえよう」

とまで持ちかけたが、兄弟は首をふらぬ。

殿さまが、

「けしからぬ杉田兄弟」

と、いったそうだが、どちらがけしからぬのか……。

とにかく、父の敵を討つのであるから、敵討ちの制度が厳として武家階級の間に存在する以上、いかに殿さまだとて家老だとて、これをゆるさぬわけにはゆかない。

土井甲斐守は、不承々々に杉田兄弟へ仇討ちの許可をあたえたが、ひそかに、

「江戸へおもむいた山名源五郎をいたわりとらせよ」

と、命じた。

杉田兄弟が、ようやく仇討ちの許可を得て大野を発足したのは昨年の暮であるから、事件後、約六カ月を経ている。

この間に……。

大野藩の江戸屋敷へは、殿さまはじめ堀家老からの、山名源五郎をかくまうようにとの通達があった。

源五郎は平然として、外桜田にある江戸藩邸へも顔を見せるが、

「何を何を……」

豪快に笑い飛ばし、

「杉田兄弟のごとき、わが一刀のもとに返り討ちでござる」

と、いいはなった。

「なるほど」

と、だれの目が見ても、これをうたがうべき何物もない。

で……土井甲斐守のひそかなる指図により、牛込・御納戸《おなんど》町に、かなり立派な道場をかまえさせ、山名源五郎は町道場の主となったわけだが、江戸藩邸にいる土井の家来も

稽古に来るし、近くには幕府の組屋敷や旗本屋敷も多く、門弟も増えるばかりとなった。

一方。仇討ちの旅へ出る杉田兄弟は、姉の嫁ぎ先の木屋万兵衛方へ、別れのあいさつに出向くと、義兄の万兵衛が、

「このたびのことについては、われら城下の商人たちも我慢がなりませぬよ。どうか立派に、敵の首を……」

といい、さらに、

「私の縁者で、京の扇問屋・雁金屋音治郎という者があります。この男は私の従兄だが、江戸に出店もあるし、江戸の事情にくわしい。何か、お前さま方の落ちつくところを、と考え、急ぎ問い合せましたところ、こんなことを書いてよこしましたよ」

その雁金屋音治郎は、従弟の木屋万兵衛に、こういってきている。

「実は、私の亡父が、むかし知り合うていた剣術の強い御人で、辻平内という先生が江戸の、これこれに道場をかまえているそうな。平内先生は亡父とは非常に親しかった御人ゆえ、何かとちからにもなってくれよう」

そして、雁金屋から辻平内へあてた添書が同封されてあった。

はじめて江戸へ出る杉田兄弟は、こういうわけで〔川獺《かわうそ》先生〕を訪問したのである。

杉田兄弟は、わが藩庁の応援を得られなかったけれども、木屋万兵衛から、餞別の金をたっぷりともらってきている。

「ま、おあがり」

と、兄弟を迎えて辻平内は、いかにも人なつかしげに、

「京の、雁金屋の先代さんには、わしもいかい世話になってなあ」

と、いった。

三

この日から、杉田兄弟は辻道場へ逗留することになった。

「兄者《あにじゃ》。このようなところにいても仕方がありません。山名源五郎は逃げもかくれもしていないのだ。牛込とやらいうところへ堂々と道場をかまえている。なんとかして、一時も早く……」

弥平次は、平内を見て落胆ただならぬものがある。

雁金屋の添書をもらったときには、

「その辻先生とやらに、助勢をねがえれば……」

と、これは兄の庄左衛門も考えないではなかったことだ。

まともに斬合っても勝てぬ敵なのに、しかも大野藩のちからを後楯にしていて、さらに門人たちも多勢いるというのでは、

「と、とてもとても、勝ち目はありません」

早くも弥平次は絶望している。

たのしみにしていた辻平内はといえば、

「ま、なにをするにしても、ゆるりとなされ。逃げはせぬ相手ゆえな……」

のんびりとしたものであったが、しかし、

「うかつに外出《そとで》せぬほうがよろしいな」

と、釘をさした。

その通りであった。

杉田兄弟が江戸へ向ったとの知らせが越前・大野からとどくや、山名源五郎は事もなげに、

「見つけ次第、返り討ちにしてくれる」

むしろ、江戸市中を歩きまわり、反対に杉田兄弟の在処《ありか》をさがしまわろうという……

土井家の江戸藩邸でも、陰へまわって源五郎のために、

「なによりも、杉田兄弟の居どころを突きとめておくことだ」

と、うごき出した。

こうなると、どちらが敵を討つのか……まるで立場が逆となったわけだ。

こうしたわけであるから、

「じゅうぶんに御注意なさるように」

と、麴町五丁目にある雁金屋の支店から辻道場にいる杉田兄弟へ知らせて来た。

これは、外桜田の藩邸にも、

「あまりに杉田兄弟が気の毒だ」

と、同情をよせる者がいて、これらの人たちが雁金屋へ連絡をとり、いちいち、情報を送ってくれる。

雁金屋の支店をあずかる市右衛門という老熟の人物が、杉田兄弟のために、なみなみでないはたらきをしてくれているのだ。

雁金屋市右衛門がいうには、

「お二人のみで、御納戸町の山名道場へ近づくことは、まことにあぶないことでございます。源五郎のみか、浪人あがりの門人が十名あまりも道場へ寝泊りし、お二人の見えるのを待ちかまえておりますゆえ……」

正月がすぎ、二月も中旬となった。

逗留しているところが剣術道場であったから、杉田庄左衛門は弥平次を相手に、木刀をとって稽古にはげんだ。二人とも下級藩士として一通りの剣術をやっているだけだが、あるとき、こころみに庄左衛門が平内に、

「辻先生。敵討つ身にござる。一手、御教えを……」

たのんでみると、平内は、

「見とる、見とる」

と、いう。

つまり兄弟の立合いぶりを、時折は見ている、ということなのだ。

自分が見ているから別に教える必要はない、とでもいいたげな口調なのである。

江戸の町も、春めいて来た。

辻平内は、兄弟に留守をさせておき、このごろは三日に一度ほど、ふらりと外出する。

そのころのことだが……。

杉田庄左衛門が、朽ちかけた道場の門を修理してくれたことがある。

小さな門ではあるが門柱だけは一尺角のふとさがあり、これを庄左衛門は片手で、まるで煙管でもあつかうようにかるがると持ちはこんだものである。

辻平内は、これを見やったとき、

「ほほう……大層なちから持ちじゃな」

両眼を細め、うれしげに、

「よし、よし」

しきりにうなずいたそうだが、何が「よしよし」なのだか知れたものではない。

弥平次は、もうすべてをあきらめたかたちで、

「兄者。たとえ、万一にも源五郎を討てたとしてもです。国もとへ帰ったとて、殿さま

も御家老も、われらをよろこんで迎えてくれるわけではない。さいわいに、われら兄弟には、これといった縁類もないし、いっそもう、このまま、どこかへ姿をくらましてしまいましょう」

などといい出す始末であったが、庄左衛門は朴訥《ぼくとつ》な風貌そのままの口調で、

「おれはな、おれはな……わが手をもって山名源五郎を裁かねばならぬ。武士というものは、他人を殺害した以上、ただちに、その場において切腹すべきが真の心得ときいておる。それをせずに逃げたからには、殺された者の子がこれを討つことをもって敵を裁く。これが、かたき討ちだ」

「ですが、兄者……」

「討つ。討たねばならぬ」

と、兄者は思いきわめている。

「とにかく、ここを出ましょう。われらが持参の金で米を買い、汁を煮て、あの乞食どのに食べさせているようなものではありませんか」

「何をいうか。われら兄弟、ここに寝泊りさせていただいておることを、忘れたのか」

庄左衛門は、この川獺の栖《すみか》を何となく去りがたい気持がしていた。

ここへ来て間もなくのことだが、こんなことがあった。それは、弟の弥平次が台所に接した土間で湯浴みをしていた間のことで、道場にひとり木刀をふるっていた庄左衛門

を見た平内が庭から入って来て、こういった。

「毎日、ようも御精進じゃな。ところで庄左衛門殿にうかがいたきことがござる」

「何でござろう？」

「人の一生のうちで、胎内より生まれ出たるそのときから、何よりもはっきりとわかっておることは、いったい何であろうかな？」

「は……？」

庄左衛門、ちょっとわからない。

すると平内が、

「それは、かならずいつの日にか、人というものは死ぬことよ」

「い、いかにも……」

「当り前のことじゃがな、この当り前のことが、人というものに、まことに正しく深く、よくよくにのみこめていないのじゃ。おのれはいつか必ず死ぬる時を迎える。この一事をこそ絶えず念頭におもい、一日一日を生きてゆくことが肝要だわえ」

「………」

「この一事を忘れることなく日々を生くる者は、上は天帝、将軍、大名から、下は百姓、町人、橋の下の乞食に至るまで、それぞれに、おのれが本分をつくすことが出来る」

と、事もなげにいい、一瞬、屹《きっ》と声をあらため、

「敵討つ身とて同様のことじゃ」

いい捨てるや、さっさと居室へ去った。

杉田庄左衛門は、このとき、辻平内の言葉が電光のようにわが胸底をつらぬくのをおぼえた。

理屈も何もない。

ただもう、おもくふさがれていた胸の中のしこりが一時に解きほぐれ、脈々として得体の知れぬちからが五体へわき出てくるのをおぼえたまでである。

夜ふけて、この平内の言葉を弟・弥平次につたえると、彼は只一言、

「つまらぬことを……」

吐き捨てるようにこたえたきり、もう相手になろうともしなかったが、この夜以来、杉田庄左衛門の辻平内へ対する態度も言葉づかいも、がらりと変ったようである。

四

三月二日の朝。

雁金屋市右衛門が一つの情報をもたらした。

山名源五郎が江戸を去り、大坂へ行くらしいというのだ。杉田兄弟が江戸へ向ったことをきいている源五郎だが、いっこうに姿を見せぬ。これを応援している大野藩でも、

いつしかこの〔事件〕が大名たちの間で評判になりかけているのを知り、さすがに気がとがめたものか、

「一時、源五郎をどこかへ移そう」

と、いうことになったらしい。

これをきいて、辻平内が杉田庄左衛門へ、

「いよいよ、本懐をとぐるべき機《とき》がまいったようじゃな」

すぐさま、いった。

「はっ」

庄左衛門は、覚悟をきめたらしく、声にもみだれがなかったけれども、弥平次は顔面蒼白となった。

この日のうちに、庄左衛門は主家の江戸藩邸へおもむき、

「亡父・伴助の仇を報ぜんがため、われら兄弟、尋常の勝負をいたしたい。このよしを山名源五郎へおつたえ願いたい。日時は来る三月七日卯ノ下刻（午前七時）場所は江戸城北・高田の馬場」

と、申し入れた。

いままで姿も見せなかった杉田庄左衛門を見て藩邸でもおどろいたが、捨ててておくわけにもゆかぬ。すぐに源五郎へ知らせると、

「うけたまわった」

と、自信満々たる源五郎であった。

藩邸でも、まさかに源五郎が杉田兄弟に討たれるとは考えてもみない。

一日おいて、杉田庄左衛門が藩邸へあらわれ、山名源五郎が承知したことをたしかめると、

「どこにおられる？」

と、問う藩士たちには、

「申しても詮ないこと」

こう答えて取り合わず、立ち去っている。

これはみな、辻平内の指示によるものであった。

次の日の三月五日に、辻平内は朝から外出し、めずらしく夜ふけてから道場へもどった。

「大事のときゆえ、一歩も外へ出てはなりませぬぞ」

出がけに、こういいおいて行った平内の言葉をまもり、兄弟は門を閉ざし、外へ出てはいない。

道場へ帰った辻平内は、長さ六尺ほどの細長い包みを持っている。

包みから出たものは、樫《かし》づくりのふとい六角棒で、要所々々に鉄条と鉄輪をはめこんだもので、重さ七貫におよんだという。

「剣をとって闘うより、庄左どのにとっては、この武器が何より」

と、平内がいった。

「せ、先生が、これを……？」

庄左衛門は双眸をかがやかせて訊くや、

「いかにも、わしがあつらえた。が、な、代金はおぬしがはろうてくれや」

「はっ、はっ」

一礼して、この鉄入りの六角棒をつかんで立ち上った庄左衛門の面上には、何か、ものに憑かれたような凄さが浮いて出た。

弥平次は、まだ絶望的で、兄と平内の狂人じみたやりとりを、泣き出さんばかりの顔つきで見やりつつ、

「そ、そんな物など役に……」

役にたつものか、と、つぶやきかけたのだが、振り向いた平内が、

「お前はな、何もせんで引っこんでおればよいのじゃ」

にこにことといわれ、

「勝手になされ」

ぷいと立って、ふとんへもぐりこんでしまった。

翌日は、七貫余の六角棒をかるがると振りつづける杉田庄左衛門をながめ、平内は一

日中、道場につめきっていたが、夕暮れになって、庄左衛門に湯浴みをさせ、

「わしはな、なんの手つだいも出来ぬが、これは先日、わしがしらべておいた高田の馬場の図面じゃ。よくよく、あたまの中へたたみこんでおかれよ」

こくめいに描かれた図面をひろげて見せた。

「かたじけのうござります」

「白無垢の下着もそろえてある。代金は、おぬしが払う」

「はっ」

「わしには手出しも出来ぬが、介添として、おぬしたちにつきそうつもりじゃが、よろしいか?」

「ねがってもなきこと。なにとぞ、なにとぞ」

「はい、はい」

夕飯の膳に、ほどよくあたためられた酒が出た。

「軽《かろ》く、のんだがよい」

と、平内は庄左衛門兄弟に酒をすすめつつ、問わず語りに、このようなことを洩らした。

「……わしは、近江の国・甲賀の馬杉村の生れでな。小さな郷士の家の三男坊よ。むかしな、わしが家へ旅の武士が一夜の宿りをしたが、この御方、伊藤大膳鎮元《だいぜんしげもと》と申されてな。山口流の祖、山口卜真斎先生の高弟にて、恩師亡きのち、京の道場を引きうけてお

られたのじゃが……これが縁となってのう」

馬杉村きっての腕白小僧といわれた少年の平内は、伊藤大膳のいかにも、すぐれた剣客らしい人柄にこころひかれ、ついに甲賀を出奔して京へ行き、大膳の道場へころげこんだものである。

三男坊でもあるし、辻家では〔もてあまし者〕の平内であったから、

「帰れというても、いっかな帰らぬで……ま、ひとつ、わしにくれると思うて……」

との、伊藤大膳の言葉のままに、平内を伊藤道場へあずけることにした。

「それから十年……大膳先生のもとにいたわけじゃが、つい近くが、ほれ扇問屋の雁金屋でな。若いころのわしは、先代さんにひどく可愛がられ、大膳先生が亡くなられたのち、ひとり諸国をまわっての修行に旅立つときも、雁金屋さんが、かなりの、餞別の金を下されたものじゃ」

平内は、くっ、くっ、くっと笑い出し、

「もっともその金、あっという間につかい果してしもうた。酒と、女にな……」

五

翌三月七日の未明に、杉田兄弟は辻平内につきそわれ、表町の道場を出て城北・高田の馬場へ向った。

江戸川沿いの道を西へとり、目白の台地を右にのぞみつつ、畑と雑木林につらなる早稲田の台地をのぼれば、馬場も近い。

高田の馬場は、東西六町、南北三十余間という細長いもので、寛永年間に三代将軍・徳川家光が馬場をきずき、弓場調練の場所としたのだそうな。

中央の「追いまわし」の堤を境にして、馬場は二つにわかれている。

この北側の馬場に沿った松並木の一角に、大野藩から目付役の飯田重右衛門が十名ほどの配下をしたがえて出張っていた。

山名源五郎は、付添として門人の河合才兵衛一名をしたがえ、定めの時刻より早目に到着している。

「ま、これで杉田兄弟を返り討ちにすれば、御一同にも御迷惑をかけることもなくなり、拙者、気もはればれといたす」

などと、源五郎はわが勝利をいささかもうたがうことがない。

たちこめていた霧がはれかけている。

馬場の土は鮮烈な春の匂いをふくみ、朝の大気は濃かった。

定刻……。

馬場の西側から、身仕度をととのえた杉田庄左衛門、弥平次の兄弟が、破れ笠をかぶった辻平内と共にあらわれた。

立合人の飯田重右衛門へ一礼するや、

「いざ!!」

庄左衛門は、かの六角棒を振りかぶった。

これを見て、山名源五郎は冷笑をうかべ、

「そのようなものを……ふ、ふふ……ばかな」

悠々として木刀をぬきはなつ。

取りきめによって勝負は一対一。庄左衛門が倒れたときに弥平次が立ち向うことにな
っていたが、源五郎は、

「二人同時のほうが手もはぶけるわい」

うそぶいたという。

源五郎門人の河合才兵衛が、名乗りをあげ、

「拙者。つきそいの役をつとめ申す」

というや、こなたから辻平内が、しずかに破れ笠をとって、

「甲賀の辻平内。杉田兄弟のつきそいを……」

はじめて顔を見せた。

この平内の顔を見て、山名源五郎も河合才兵衛も瞠目《どうもく》し、

「あ……」

ぱくりと口をあけたまま、一瞬、虚脱したようになったものだ。

二日前の三月五日。

だれにも知らさずに辻平内は、牛込の山名道場へあらわれていたのである。


その五日の昼下りに……。

辻平内は「甲賀の住人にて、杉谷宇平と申す者でござるが、山名先生に、一手御教えにあずかりたい」と、あいさつをした。

物乞いの乞食浪人と見て、源五郎は「銭をやって追いはらえ」と、門人にいったが、平内はぜひにも立合いたいという。

で、からかい半分に若い門人のひとりが出て、平内と相対した。

平内は、借りうけた木刀をさげたまま、ぼんやりと立っている。

「よいか、よいか。ゆくぞ!!」

うなずいた平内へ、その門人があなどりきった一撃を加えた……と見えた一瞬、平内がひょいと片ひざをついた。

と……どこを撃たれたものか、門人は毬のように飛んで道場の羽目板へぶつかり、うなり声を発し、打ち倒れたまま苦痛にもがきはじめた。こやつ、左腕を骨折したのだ。

これで、道場内が色めきわたった。

次に出た門人を、片ひざをついたまま迎えた平内が、撃ちこんで来る相手に向って、
今度はふわりと立った。

これもまた、はね飛ばされたように転倒する。

次の相手の打ちこみには、ひょいと片ひざをつく。

「ぎゃっ……」

と一声。こやつも、たちまちくびのつけ根を平内に撃たれて負けである。

「残りは、同時においでなされ」

こう平内がいったものだから、残る七名が木刀をつかみ顔色を変えて道場へ押しならんだ、その転瞬であった。

平内の、見すぼらしく背を屈《かが》めた体軀が鳥のように舞いあがり、彼ら七名の右端にいた門人・大塚某の側面へ疾《はし》り寄るや、

「曳《えい》!!」

と、一撃した。

大塚某が悲鳴をあげて倒れたとき、早くも平内の木刀は二人目、三人目と撃ち倒している。この三人目が河合才兵衛であった。

「あっ……」

狼狽した残る四人が向きを変えたときには、ふわふわと彼らの木刀へ向って進み寄った辻平内の木刀が縦横にうごき、

「わあっ……」

「う、うう……」

たちまちに四人とも、もんどりうって仆頓《ふとん》してしまった。

このさまをのぞき見た山名源五郎は、

（とても、勝てぬ）

かなりの剣法者だけに、見きわめをつけると、そのまま道場を出て、どこかへ姿を消してしまった。

まさに超人的な辻平内の剣法に門人一同、恐怖に青ざめ一語を発する者もいない。

「ははあ、お逃げなされたのか……」

平内は、こういい捨てて山名道場から引きあげて来たわけだが……。

その乞食剣士が、杉田庄左衛門のつきそいに出て来たものだから、山名源五郎も河合才兵衛も驚愕したのも当然というべきであろう。

庄左衛門と源五郎の勝負がはじまった。

庄左衛門は六角棒を水車のごとく振りまわしつつ、ひたと敵の白い眼を見すえ、いささかも恐れることなく肉迫した。

「うぬ……お、おのれ……」

山名源五郎は木刀をかまえて、これを迎え撃とうとしたが、庄左衛門の背後にひょろりとたたずむ辻平内の細い両眼から発する光が気になり、おもうように五体がうごかぬ。

杉田兄弟を殪《たお》しても……。

(次には必ず、あの男が、おれを討つ)

そうしたおもいが脳裡をよぎるたびに、

「あっ、あっ……」

源五郎は、庄左衛門の打込みに圧倒されるばかりとなった。

「曳《えい》!! やあ!!」

庄左衛門は無我の境に没入し、七貫余の六角棒をふるい、猛烈な打撃を休むことなく送りこんだ。おそるべき膂力《りょりょく》ではある。

山名源五郎が、六角棒を脳天に受けて倒れ伏したのは、それから間もなくのことで、源五郎はこの一撃で口中からおびただしい血を吐き、即死をとげた。

父の仇を討った杉田兄弟は、越前・大野へ帰って行ったが、辻平内の山名道場における

活躍を目撃していた肥後・熊本五十四万石、細川越中守の家来・有吉頼母《ありよしたのも》などの口から、

「あれこそ名人の剣」

との評判が高まり、翌年、平内は細川侯の庇護をうけ、麴町九丁目に大きな道場をかまえた。

恩師・伊藤大膳のゆるしを得て一派をあみ出した、その無外流をもって、辻月丹《げったん》の名は天下にひびきわたった。

月丹は、平内の号である。

数年を経て……。

元禄七年二月十一日。

越後・新発田《しばた》の士で、中山安兵衛武庸《たけつね》が、義によって菅野六郎左衛門（伊予、西条の松平家の臣）の助太刀をし、村上三郎右衛門ら五名と闘った場所も、高田の馬場であった。

中山安兵衛は、この決闘に先立ち、かねてから出入りをしていた辻道場へあらわれ、辻月丹から、いろいろと助言をうけたが、このとき〔かわうそ先生〕は、

「立合われる折には、袴の裾はひざまで」

と、安兵衛にいった。

つまり、斬合いのときは袴の裾をひざ上まで切りとってしまったほうが、はたらきやすいと助言をしたのであるが、安兵衛は、月丹のいう通りにした。

彼が、のちに堀部安兵衛となり、浅野の遺臣として、同志四十余名と共に主人のうらみをはらしたことは有名なはなしであるが、すでにこのころ、越前・大野から杉田庄左衛門が江戸へもどり、

「ぜひとも、門人にしていただきとうござる」

とたのみ、道場に寝泊りして辻月丹の身のまわりを世話するようになっている。

庄左衛門は、家を弟の弥平次にゆずり、月丹を慕って江戸へもどって来たのである。

「弟ごは、どうしているな？」

月丹が問うや、

「おかげをもって、いまは殿さまや御家老から悪しゅうおもわるることもなく、おもいのほか、一生懸命に奉公いたしております る」

「ほ、そうか。そりゃよかった、そりゃよかった」

辻道場は、小石川の堀内源太左衛門（一刀流）のそれとならび称され、江戸屈指の隆盛をほこった。

だが、辻月丹は、二百五十余におよぶ門人から得た金品を惜しみなく困窮の人びとへわけあたえ、生涯、妻をめとらず、これも独身の杉田庄左衛門につかえられ、享保十二年六月二十三日、七十九歳の長寿をもって永眠した。

柔術師弟記

一

人間は、突如、意外な変貌をとげることがある。

（わしとしたことが……まことに、眼鏡狂いのことをしてしもうた）

関口八郎左衛門氏業《うじなり》は、愛弟子の井土《いつち》虎次郎（虎蔵ともいわれている）の異常な変貌ぶりに気づいたとき、

（どういたしたらよいものか……）

関口流・柔術の創始者、関口柔心の長男に生まれ、その後をついで「父にまさる名人」とうたわれた八郎左衛門であったが、

（困った。まことに困った……）

このところ、顔色にこそ出さぬが、胸底の苦悩はただならぬものがあった。

井土虎次郎は十歳のころから、八郎左衛門の手もとにいる。

八年前の寛文四年に、芝の久右衛門《きゅうえもん》町へ道場をかまえて間もなく、近くに浪宅をいとなむ井土兵庫という近江・膳所《ぜぜ》の浪人が病歿し、妻の以和子《いわこ》は二子をつれて近江へ帰る

ことになった。

「虎どのを、わしの手もとへおいてみたい。いかが?」

と、関口八郎左衛門が以和子に申し入れたのは、このときである。

交際の期間は浅かったけれども、八郎左衛門は亡き井土兵庫の温厚な人柄をこのみ、親交も日々にふかまる……といったわけで、二人の男の子も人なつこく関口道場へあそびに来たし、八郎左衛門のみか門人たちにも可愛がられていた。

井土の二子は、長男が隼人《はやと》といって十二歳。次男・虎次郎が十歳。この虎次郎を引きとり、

(仕こんでみたい)

と、関口八郎左衛門が考えたのは、ほかでもない。

色白のやさしげな顔だちで、体軀も細っそりとしていながら、その敏捷柔軟な体質はおどろくべきものであって、あるとき、八郎左衛門が居室の縁にすわって爪を切っていると、

「小父さま……小父さま」

庭をへだてた土塀の向うから、虎次郎の声がよびかけてきた。

「おお、虎どのか」

「そこへ、まいってもよろしゅうございますか?」

「よいとも、庭へまわれ」

「はい」

こたえたかとおもうと、虎次郎の小さな体が、ふわりと塀を飛びこえ、庭へ下り立った。

高さ六尺の土塀なのである。

（や……？）

瞠目している八郎左衛門の前へ、するすると近よった虎次郎は、にっこりと愛らしげに微笑みかけ、八郎左衛門の手から鋏を取り、ひとことも口をきかぬまま〔小父さま〕の足の爪を、まめまめしく切りはじめたものである。

嘗《かつ》て、三歳の愛児を病死させた経験もある八郎左衛門ならずとも、こうした虎次郎を見ては、こころをひかれずにいられまい。

けれども……。

「わが養子にと申すのではござらぬ。ただ虎どのの天性が柔術を仕こむにまれなるもの、と見受け申した。いかがであろうか？」

関口八郎左衛門が重ねて申し出たので、井土未亡人は、

「なにごとも、虎次郎が意のままに」

と、こたえた。

虎次郎に異存はなく、

「小父さまの御手もとで柔術をまなびたいとおもいます」

双眸をかがやかせていい、これで決った。

以来八郎左衛門は他の門人の手にいささかも虎次郎をゆだねることなく、みずから関口流の神髄をつたえること七年。去年の九月十日となって、虎次郎に伝書二巻をあたえ、奥義をゆるした。

ちなみにいうと、これまで八郎左衛門は、

「余人との稽古のみか、試合をゆるさぬ」

きびしく命じてい、虎次郎もこれをまもりぬいていたが、

「先ず、一人前となったようじゃ。稽古をゆるす」

はじめて、道場の門人たちと立ち合うことをゆるしたが、どうにか虎次郎を制することのできるものは高弟の松田与五郎、平生《ひらう》弥《や》惣《そう》の二名のみで、百数十名の門人ことごとく虎次郎に投げつけられ、または押えこまれてしまった。

(うむ、よし!!)

と、関口八郎左衛門も満足であった。

一人の門人を他人の手にかけず、しかも十歳の年少時からわが手塩にかけたという教導法は、八郎左衛門にとって初めてのことだけに、その成果が実ったのを、自分の一つ

の体験としてよろこんだのである。

しばらくして、

「虎次郎は、いささか慢心の体《てい》に見うけられますが……」

平生弥惣が、ひそかに八郎左衛門へ告げたが、師匠はあまり気にとめなかった。

八郎左衛門につかえ、食事の世話から身のまわりのいっさいを、井土虎次郎がいまもしているわけだが、師の前では、口のききようにも態度物腰にも少年時の愛らしさを失うことなく、しかもまめやかに骨を惜しまぬはたらきぶりはいささかも変ることがない。

もっとも、去年の夏ごろから関口八郎左衛門の身辺は、急に多忙となり、久右衛門町の道場に居ることが少なくなってきている。

一は、暇《いとま》をもらってから二十年近くにもなる紀州家から、

「もどってまいるよう」

しきりにすすめてくるし、弟二人が紀州家につかえているだけに、八郎左衛門も無下にことわりかね、赤坂御門の紀州家・江戸屋敷へ出かけては藩士たちの稽古を見たりしていて、おのが道場のことに専念しきれなくなっていたのだ。

二には、信州・松代十万石・真田伊豆守や、伊予・松山十五万石・松平隠岐守《おきのかみ》の江戸屋敷へも出て、このほうは殿さまへ柔術を教えている。

ところが……。

今年の春になってからのことだが、外桜田の真田藩邸へおもむき、十六歳の殿さま、真田伊豆守信房に稽古をつけたのち、江戸家老の大熊靱負《ゆきえ》と雑談をかわすうち、

「このごろは、井土虎次郎が供をしてまいらぬようでござるが……」

と、大熊家老がいう。

「虎次郎は久右衛門町の道場にて、門人たちへ稽古をつけております」

「なるほど。御丹精の甲斐があったというものでござるな」

「おそれいります」

「ところで……虎次郎は、そこもと道場のみか、他の道場へも、しばしば稽古に出かけられるそうな」

「え……？」

八郎左衛門には、よく、このことがのみこめなかった。

「柔術、剣術の見さかいなく、武術の道場とあればいずこにてもかまわず乗りこみ、いやもう、すさまじいばかりの術を見せるという」

つまり、師匠の留守に道場を出て、しきりに他流試合をやっているというのだ。

「先日もな……」

と、大熊家老は、ひざをすすめ、

「備前町に一刀流の道場をかまえる生駒蔵人《いこまくらんど》……ここへは、当家からも稽古に出ておる

ので、その者たちの口から耳にしたのだが……」

「何と？」

そのとき、井土虎次郎は、

「流儀もなき者にて……」

と、変名をつかい、生駒道場へあらわれ、

「先生に一手お教えをねがいたい」

「柔術との試合は無用!!」

門人が、ことわるや、

「私めを恐れてのことか？」

少女のような白面へ不敵な笑いをうかべつつ、虎次郎がいった。

「何だと!!」

ここに至って生駒の門人たちも腹へすえかねたし、この得体の知れぬ若者の細い体をいためつけてやろうという嗜虐《しぎやく》的な興味にもそそられ、

「よし。入らっしゃい!!」

虎次郎を道場へ通し、先ず高弟の一人で三浦某というのが、からかい半分に木刀をとって、

「さ、まいれ。素手でどうする、このおれの木刀をどうする？　こりゃ、おい……」

近寄った転瞬、虎次郎の体軀が宙に舞いあがり、

「ぎゃっ……」

どこをどうなされたのだか、三浦某は五間も向うの羽目板へ投げつけられ、血を吐いて悶絶してしまった。

「おのれ!!」

ここに至って、道場内は騒然となり、次々に高弟が出て、虎次郎へ撃ってかかったが、どうにもならぬ。いずれも三浦同様に投げられたり蹴られたり、当身をくらって気絶をしたり、腕や足を折られたり……。

虎次郎が、

「それでも武術をまなんでいるのか、片腹痛い」

軽侮の一言をのこし、風のごとく去った後、息絶えた者が二人いたそうな。

これを目撃した真田藩士・小林市郎太も右腕の骨を折られている。

武術試合の結果の死であるから、どこの道場でも公にはせぬが、このところ、生駒道場同様に、井土虎次郎が荒しまわった道場は十におよぶとか……。

「そこもとを前に申すのはいかがかとおもうが……勝ちほこり、自慢の鼻をうごめかして引きあぐる虎次郎の姿、そのありさまの醜さというものは、言語に絶するものがあると申す」

関口八郎左衛門は、こたえない。

顔面蒼白、茫然自失の体であった。

この、愛弟子の傲《おご》りたかぶった所業《しわざ》をまったく知らなかった自分の迂闊《うかつ》さに、八郎左衛門の五体は冷汗にぬれつくしたといってよい。

「申さぬでもよいことか、とも思うたが……」

「いえ……」

「そこもとの名折れにもなろうかと存じて……」

「ありがたく、うけたまわりまいた」

「いまのうちなれば……間もなく世上の評判となる前に……」

「いかさま……」

井土虎次郎の〔変貌〕とは、このことである。

後にわかったことだが、ここ二カ月の道場荒しによって、虎次郎と立ち合って死んだ者七人という。

二

ゆらい、柔術は戦場における〔組打ち〕の業から発生したものである。

つまり剣術同様に相手の一命をうばわんがための闘争術であったわけだが、剣術が多

くの名人により、精神の昇華を目ざして発展したように、関口流の柔術も、

「修行をきわめつくすことによって、わが肉体と精神の機能を、もっとも高度なものに仕たてあげてゆく」

これを主眼とする。

むやみに他流を襲って試合をいどみ、しかも相手を死に至らしめて勝ちほこるなどということは、

「外道《げどう》の仕わざである」

もってのほかのことと、いわねばならぬ。

その夜。道場へ帰った関口八郎左衛門の言動には、平常のそれと少しも変りがなかった。

夕飯の仕度がととのっていた。

酒もはこばれる。

道場には、裁縫女兼下女が二名と小者三名。門人で住みこんでいるのは井土虎次郎のみであった。

道場は三十坪余。梁《はり》も柱もがっしりとふとい立派なものだが、これを中心にして右に台所、厩《うまや》、奉公人の部屋などがあり、左へ渡り廊下が八郎左衛門の居室をつないでいる。

居室は三間からなり、渡り廊下に面した一室が虎次郎の部屋である。

「おつかれでございましょう」

酒瓶《しゅへい》をとって、師の盃へ酒をみたしながら、虎次郎がくびをかしげるような甘えた上目づかいに八郎左衛門を見上げ、

「おやすみのとき、お肩をおもみいたしましょうか」

ささやくようにいった。

この年、寛文十二年で四十三歳になる八郎左衛門だが、鍛えぬいた肉体は肩の凝りなどをおぼえたことはない。

だが、いままでの八郎左衛門なら眼を細め、うれしげに、

「うむ、たのもうかな」

と、虎次郎にこたえた筈であった。

この八年の間、わが分身のようにつきまとってはなれなかった愛弟子の、いまさらめずらしくもない挙動であり所作なのだが、この夜は、

「もうよい。下っておれ」

八郎左衛門が、かすかに眉をひそめたのを見て、虎次郎がぬたりとうす笑いをもらした。

なにか、不敵な笑いである。

細く切れあがった虎次郎の両眼が、いままで見たこともないような白い光を無気味に

たたえている。

「恩師さま」

と、彼はよびかけてきた。

「何か？」

「久方ぶりに、明朝、道場にて御相手をさせていただけませぬか？」

声に、激烈な闘志がふくまれているのを、八郎左衛門は看取した。

「わしを負かしたいのか？」

切りつけるように、八郎左衛門がいった。

虎次郎のこたえは、いまの不遜《ふそん》ともいうべきうすら笑いであった。

「虎次郎」

「は……」

「今日、耳にした」

「なにを、でございます」

「他流を荒しおるそうじゃな」

こたえがない。またうす笑いである。

「まことか？」

「江戸には、柔術の道場が数少のうございますので」

「で、剣術の道場を……」

またも、こたえぬ。

「ゆるしなく他流と試合うことを禁じてある筈じゃ」

虎次郎、こたえぬ。

関口八郎左衛門は、爆発せんとする激情に耐えた。

すると、虎次郎が酒瓶を置き、

「お手放し下されてもよろしゅうございます」

事もなげにいった。

気に入らなければ破門してくれてもよい、という意味であった。

もはや、師としての自分が、どのような訓戒をあたえようとも、虎次郎はきくまい
……と、八郎左衛門はさとった。

ややあって……八郎左衛門は、ゆっくりと盃をふくみ、

「手放しはせぬ」

はじめて余裕のある笑顔になり、

「肩をな、もんでくれい」

と、いった。

小兵ながら、肉づきのふとやかな関口八郎左衛門の肩から腰へ、虎次郎のしなやかな

細いゆびが這《は》いまわった。

二人とも、無言である。

横ざまに寝た八郎左衛門が、かるくいびきをたてはじめた。

虎次郎の手のうごきがやんだ。

この正月。恩師によって元服をゆるされ、前髪を落したばかりの井土虎次郎であった。

「む……」

低く、うめき、虎次郎が師の寝姿をはなれること約二間。そこで彼は片ひざを立て、凝《じっ》と八郎左衛門のひろやかな背から腰へ視線を射つけた。

獲物をねらう獣のような精気が、彼の全身からたちのぼっている。

なまあたたかい春の夜気が、おもい。

どれほどの時がながれたろう。

突然、井土虎次郎が音もなく飛んだ。

彼の細い体軀は宙に一回転しつつ、腕まくらをして寝たままの関口八郎左衛門を躍りこえ、矢のように次の間へ消えた。

やがて……灯も入っていぬ自室へにじみ出すように浮いて出た虎次郎が、にっと白い歯を見せ、こうつぶやいた。

「おれはいま、師の脾腹《ひばら》を蹴破っていた。やろうとおもえば、な……」

八郎左衛門は、うごかぬ。

一刻（二時間）もして、小者が居室へあらわれた。食膳を下げに来たのだが、うたた寝をしている主人を見て、

「もし、もし……」

「わかっておる」

「虎次郎さまが見えませぬが……」

「よいわ。わしの床をとれ」

「はい」

三

それから、十日を経た。

その日の昼すぎ、

「供をせよ」

と、八郎左衛門が虎次郎にいった。久しぶりのことである。

虎次郎元服の後は、彼をひとり前の術者と見なし、代稽古を命ずると共に外出の供をやめさせたのだ。

このごろの八郎左衛門は単独で他行をする。

虎次郎の面に、うす笑いが絶えない。

笑いの、その意味するものが、手にとるごとく八郎左衛門にはわかる。

この日は、松平隠岐守の江戸藩邸へ出かけ、殿さまと家臣たちに稽古をつけた。

虎次郎は、この間［供待ち］で待ちつづけている。

夕闇が濃くなってから、八郎左衛門は愛宕《あたご》下の松平屋敷を辞した。殿さまから酒肴を供され、酒気をおびている師につきそい、虎次郎が、

「めずらしいことにございます」

「何がじゃ？」

「めったに、御稽古先では御酒をめしあがりませぬのに……」

「わしのことか」

「は……」

「今日は、酔わずにおられぬ」

「道がちがいましょう」

「これより、外桜田の真田侯へまいる。ついてまいれ」

両側とも大名か大身旗本の屋敷がならぶ道を北へ……突き当れば江戸城の外濠《そとぼり》。ここへ二人が出たとき、あたりは、とっぷりと暮れきっていた。

このころの江戸は、後年のような発展をまだ見せてはいない。

大都市にはちがいないが、市街の規模が大きくととのい、経済のふくらみが頂点に達し、市政またこれに準じて面倒となるのは、後二十余年を経た元禄時代まで待たねばならぬ。

陽が沈めば、武家屋敷のたちならぶ江戸城周辺のさびしさというものは、現代から見て想像もおよばぬことで、辻番所の数も元禄のころの四分ノ一ほどであったという。

幸橋御門へかかろうという濠端の、ひろびろとした草地へ踏み入ったとき、関口八郎左衛門が、急に振り向き、

「虎次郎よ」

やさしげに、もの哀しげによびかけた。

「は……？」

「先夜、わしの体を飛びこえたな」

虎次郎の顔が硬直した。じゅうぶんに師の寝息をたしかめたと確信していたからであろう。

「あわれな、やつめ……」

「なんと申されます」

「汝《われ》は、わしの体を飛びこえつつ、この脾腹を蹴破ったつもりでおったろうが……わしは汝の足くびをつかみ骨をくだいて投げ飛ばしたつもりでおるぞよ」

「むう……」

うらめしげに、憎さげに、虎次郎が白い眼で師をにらんだ。

「他流を荒し、殺傷をよろこび、慢心に我を忘れたか」

「……」

「いまとなっては、汝を追い放ちにも出来ぬ。汝は一個の猛獣《けもの》と化したゆえな」

ちらと、関口八郎左衛門の体がうごき、虎次郎が敏感にこれを察して飛び退いた……

かと見えた一瞬、

「わが慈悲とおもえ！」

叫んだ八郎左衛門の腰から電光の一閃が疾《はし》った。

亡父・柔心ゆずりの神明夢想流・居合術の抜き打ちである。

絶叫をあげ、虎次郎が棒を倒したかのように草地へ伏した。

八郎左衛門は刀を懐紙でぬぐい、鞘へおさめた。八郎左衛門に、このような居合術の精妙があることを、門人も知らず世間も知らぬ。

井土虎次郎はぴくりともせず、息絶えていた。ときに十八歳。

脳天からあごまで割りつけられた彼の死体は翌朝に発見され、その場所に、刀身の血をぬぐった懐紙が落ちてい、それが真田伊豆守の領国・信州松代でつくられる〔真田紙〕であったため、下手人は真田家中の者という評判がたったそうだが、真田紙を使用する者は、むろん江戸市中にいくらもいることで、問題にはならなかった。

しかし、井土虎次郎の行状が明白となるにつれ、

「関口八郎左衛門の成敗をうけたにちがいない」

との風評しきりとなった。

関口道場の門人達も、たれ一人、このことをうたがう者はなく、

「さすがじゃ」

「愛弟子をようも、な……」

江戸では柔術の名人が少ないだけに、八郎左衛門の声望はいよいよ大きいものとなったが……。

「旅へ出とうなった。道場は、おぬしたち二人へまかせおく」

翌年の夏も去ろうとする或る夜。高弟の松田与五郎と平生弥惣へ簡単な〔書置き〕をのこし、八郎左衛門はひそかに道場を出て行方知れずとなった。

この間、井土虎次郎の死について、八郎左衛門は一語も洩らしてはいない。

四

関口八郎左衛門が再び江戸へあらわれたのは、三年後の延宝四年五月であった。

この年、四十七歳になった八郎左衛門だが、久右衛門町の道場をあずかっていた松田

与五郎が、

「しばらくじゃな」

ふらりと道場へ入って来た恩師を見て、しばらくはそれと信じきれぬといった表情になった。三ヵ年という歳月が十年にも感じられるほど八郎左衛門の容貌が老けて見えたからである。

まげを切り、坊主あたまになっている八郎左衛門へ、

「平生弥惣、昨年秋に病歿いたしました」

と、松田は告げた。

「そうか、それは……」

「これまで、恩師さまはいずれに？」

「諸国を、な」

「御居間は、三年前にお旅立ちなされましたときのままになっております」

「心入れ、かたじけない。なれど今日よりは、おぬしの居室とせよ。わしはな、また紀州家へつかえることになった」

「さようで……」

「この道場も門人たちも、みな、おぬしのものじゃ。こころしてつとめよ」

紀州家へ復帰した八郎左衛門は、赤坂御門の江戸藩邸づめとなったが、以前のように

〔柔術指南役〕をつとめたのではなく、馬廻役《うままわりやく》として三百石を給せられた。

そのかわり、本国の紀州・和歌山にいた末弟の関口万右衛門氏英《うじひで》が指南役として江戸へやって来た。

本国の柔術指南は次弟・関口弥太郎氏暁《うじあき》が従来通りにつとめている。

そして、五年の歳月がながれた。

五十をこえて尚、独身生活をつづける関口八郎左衛門に、

「妻帯をさせよ」

殿さまの紀州中納言も、しきりに心配をしてくれたが、

「無用にござります」

八郎左衛門は頑として承知をせぬ。

彼が若いころ、紀州家を退身し〔武術修行〕の名目をもって流転の旅へ出た原因は、幼児と妻女が相ついで病死をした、その悲嘆にたえかねて……ということだが、本人はそれともらしたことは一度もない。

「妻帯をせぬと申すならば、養子縁組のことをはからうよう。これは躬《み》が厳命である」

八郎左衛門の家を絶やさぬようにとの、中納言の心づかいであり、主命でもあったから、これをことわるわけにはゆかぬ。

そこで八郎左衛門は末弟・万右衛門の次男で、わが甥にあたる権之丞を養子に迎える

ことにした。

この養子縁組がととのったのは、貞享元年で、八郎左衛門は五十五歳。権之丞は二十歳であった。

権之丞は実父の万右衛門の薫陶《くんとう》をうけて、柔術も相当なものであるが、八郎左衛門は、

「われ亡きのちも一藩士として凡庸《ぼんよう》に奉公せよ」

と、命じている。

ところで……。

この貞享元年の夏の或朝のことであったが、紀州藩邸内の長屋に住む八郎左衛門へ、勝手門を警衛している番士が、一通の手紙をとどけに来た。

「町家の者と見える男が、これを関口様へ、とのことにて……」

「まだ、御門内におるのか？」

「いえ、それが……とどめる間もなく立ち去りました」

手紙の差出人が〔井土隼人〕とあるのを見て、八郎左衛門の白い眉毛が微妙にうごいた。

井土虎次郎の只ひとりの兄の名であることを、むろん八郎左衛門は忘れてはいない。

その手紙の内容は、およそ次のようなものであった。

すぐる十二年前、弟・虎次郎をお手討ちになされなしたること、その折たしかに御書面をいただきうけたまわりました。母は、その悲しみに耐えず、間もなく死去いたしましたるが、それより十余年。いささか存念のことあって、わたくしめは京に暮しおりましたるところ、このたび、江戸へ下り、先生にわが存念のことを申しのべたく存じます。来る六月十八日、七ツ（午後四時）、中目黒・真明寺跡へおこし願いたく、この段、お知らせ申しあげます。


十八日は三日後である。

当日。非番であった関口八郎左衛門は、

「久右衛門町の道場へまいる」

いいおいて、藩邸を出た。

そして、まさに、むかしのわが道場へ立ち寄っている。

いまは当主の松田与五郎と雑談をかわし、共に昼飯をしたためた後、

「わけをきくな。この両刀をしばらくあずけおくぞ」

と、八郎左衛門がいった。

「先生……？」

「じゃから、わけはきくな」

「なれど……?」

「帰りにまた立ち寄る。それまで、あずけておきたい。よいな」

松田与五郎としては、紀州家の臣たる恩師が大小を脱して何処かへ出かけるということが気にかかってならない。

「笠を一つ、もらいたい」

「は……」

「小者のかぶるやつ、あれがよい」

無腰となった八郎左衛門は袴もぬぎ、午後の強い陽ざしを菅笠にさけ、飄然と道場を出て行った。

見送った松田は不安に耐えず、ついに走り出て後をつけたが、増上寺表門のあたりで、八郎左衛門が足をとめて振り向き、片門前町の茶店のわきの松の木陰にかくれた松田与五郎へ、

「無用!!」

いきなり、大声を投げてきたのには、松田もおどろいた。

こうなっては、もう後を追えない。

南へ去る恩師の後ろ姿を見送るばかりであった。

五

中目黒の真明寺は五年前に焼失し、そのままの廃寺となっている。

目黒川を北に背負ったかたちで、真明寺の廃墟《はいきよ》は雑草に埋めつくされている。

釣鐘堂だけが焼け残っていたが、鐘は取り外されてい、石をつんだ、この台上へ関口八郎左衛門があらわれたのは七ツ前であった。

夏の陽光は、まだ、おとろえを見せぬ。

草木の香が強烈にただよっていた。

菅笠をかぶったまま、八郎左衛門はすわりこみ、相手が来るのを待った。

やがて……。

くずれかけた土塀の間から、町人風の男が入って来たのを見て、八郎左衛門は笠をぬぎ、立ちあがり、

「まさに、隼人どの」

と、いった。

旅姿ながら、風体の立派な男の顔が、亡き虎次郎よりも兄弟の父・井土兵庫にそのままだったからである。

二十年前の隼人は、何かもっそりとした、肉づきのぶよぶよした冴えぬ子供であった、

としか記憶にない。

「隼人どのは商人《あきうど》になられたのか」

「はい」

うなずいた隼人が、

「うけたまわりとうござります」

きびしく問いかけてきた。

「何なりと……」

「弟、虎次郎お手討ちの理由は、その折、まさにうけたまわりましたるが……その虎次郎が幼少のころより、手塩にかけられたは関口先生にござります」

「いかにも」

「虎次郎のみが悪しきとて、お手討ちになさりましたるは……」

「むろん、わしに大いなる責任《せめ》あり」

颯《さっ》と井土隼人の顔色が変り、

「師は、師父とも申します。わが子同様の弟子を討ち果したからとて、先生には何のとがめもございませぬのか!!」

「なればこそ……なればこそ、わしは柔術を絶った」

「む……」

「虎次郎には悪しきようにはかろうたことは、いささかもない。虎次郎は古今まれに見る、すぐれた天性をそなえておった。その五体にじゃ。これに精神《こころ》をあたえ、見事わが流儀をつぐ者に仕立てあげようつもりであったが……突如、五体のはたらきがすさまじくすすみ、こころと離れた。さらに……これを矯《た》め直す時日が、わしにあたえられなかった。解決《しまつ》は急を要したのじゃ」

いい終えて、八郎左衛門が鐘楼を下ったとき、ほとばしるように隼人が叫んだ。

「何故に、剣をもって始末なされたか!!」

「柔術をもってすれば、虎次郎は逃れ得たであろう」

「なんと……」

「逃しては世のためにならぬ場合であった」

「うぬ!!」

隼人は形相を鬼面のごとく変じ、素早く後退しつつ、

「それ!!」

わめいたものである。

土塀の隙間から五人の武士があらわれた。浪人らしいが身なりはととのってい、いずれも相当の剣客と見えた。

五人は、いっせいに大剣をぬきはらって八郎左衛門を包囲した。

冷んやりと夕風がただよいはじめ、草いきれも消えている。

熱く、重くたれこめた五対一の空間が、峻烈の気合声にやぶれた。

正面の一人が打ちこんだ大刀をかわし、そやつの利腕をつかんだ八郎左衛門へ、左右の二人が同時に斬撃《ざんげき》したのである。

腕をつかんだ敵の体を左の敵の打ちこむ一刀へ振りまわしておき、八郎左衛門は右からの刀閃をかわしつつ、こやつの脾腹《ひばら》へ猛烈な当身をくれた。

絶叫があがった。

味方に斬られた一人と、当身をくらった一人の、である。

草のそよぎの中に、また一人、これは宙天に投げ上げられ、落ちて来たこの浪人のあごを八郎左衛門の手刀が砕いたとき、別の一人が同時に飛ばした足にすくわれ、転倒している。

「曳《えい》!!」

さすがに、隼人が大金を投じて雇った剣客たちらしく、しかも敵討ちの助勢という侠気もあってか、最後の一人も退こうとはせず、猛然と討ちこんで来たが……。

ついと踏み出した八郎左衛門の体とこの剣客の体とがもつれ合った一瞬、

「う、うう……」

剣客はひざからくずれ落ちるように草の中へ沈んでしまった。

この闘いは、およそ十を数えるほどの間でしかない。

井土隼人は、もう見えなかった。

関口八郎左衛門は、土塀から出て、畑道を恐怖にかられて必死に逃走して行く隼人へ、

「待て。討たれてやるつもりでやって来たのじゃ。これ隼人……」

呼び返したが、おそらくその声も隼人の耳へはとどかなかったろう。

○

関口八郎左衛門は、この後、約三十年を生きた。

すなわち正徳六年四月二十二日。八十七歳をもって紀州・和歌山に病歿したのであるが、死ぬ数日前に、養子の権之丞氏連を病床にまねき、

「おぬしも老いたの」

と、笑いかけた。

元禄十五年に関口家の当主となった権之丞は、いま五十をこえ、四百石の先手物頭《さきてものがしら》をつとめ、部下も多い。隠居してからは魯伯《ろはく》と号している八郎左衛門が、

「いわでものことじゃが、な」

「はい」

「人は老いると若き日のことを忘れるものよ。したがって、若き者を教えみちびくこと

「をあやまる。大方が間違っておるわえ。おぬしも、若い藩士たちをいろいろと、このごろは世話をやかねばなるまい」

「はい」

「わしもな、若きころは、わが武芸にまかせ殺伐乱暴のふるまいが多かったものじゃ。なれど何事なく、無事にまかり通って大人《おとな》となりおおせたが……それもこれも、むかしは、徳川の天下成ってより、わずか三、四十年のところにて、いまだ戦陣の気風も消えやらず、武士の乱暴も世の中が大目に見てくれたからじゃ」

「なるほど……」

「ところが、さらに二十年を経ると、時勢は変った。天下泰平の世に乱暴の血のさわぎは無用となる。わかるかや？」

「は……」

「それゆえにこそ……」

いいさして、八郎左衛門は急に口をつぐみ、あとはもう沈黙のまま、次第に昏睡の状態へひきこまれていったようだ。

三日三夜、八郎左衛門はねむりつづけた。

夢を見た。

広漠たる野の中で、井土虎次郎に柔術を教えている夢であった。

白く細い虎次郎の体が汗にぬれ、きらめく太陽に彼の肌の生毛が光って見える。これをたくましい両腕に押しこみ、

「どうじゃ。この腕をほどいてみよ、どうじゃ」

八郎左衛門が、やわらかな虎次郎の耳朶へ唇をつけるようにして、ささやいている。

虎次郎のあえぎが、たかまる。

虎次郎の日向草《ひなたぐさ》のような、香ばしい体臭に、八郎左衛門は酔っている。

「どうじゃ、どうじゃ……」

「あ……ああ、もう……おゆるし……」

「まだまだ、まだ、いかぬ、いかぬぞ」

……わしじゃ。わしが虎次郎を……昏睡のうちに、八郎左衛門は激情をこらえかね、

「虎よ……虎次郎よ……」

と、切なげに呼びかけていた。

このとき、病床をかこんでいた家族たちは、瀕死の八郎左衛門の唇が、かすかにうごいたのを見て、

「父上……父上……」

権之丞が耳をさしよせたが、きこえず、すぐに関口八郎左衛門は息絶えた。

「父上は、なにを申されたのか……？」

権之丞が妻のさわにいうと、

「亡き義母《はは》上さまと、お子さまの名をおよびなされたのでございましょう」

「うむ。いかさま、な。相次いで妻子を失うた悲しみを一生抱きつづけ、ついに再び妻を迎えなんだ父上であったものな」

「ま、ごらんなされませ」

「む……?」

「安らかな、まるで子供のようなお顔……」

弓の源八

一

子松《こまつ》源八は、年少のころから、

「弓矢狂い」

などと、城下の人びとに評判された。

彼が、弓矢の道へ踏みこんだのは七歳の春のことで、当時まだ存命中だった父の柳左衛門が、みずから子供用の弓と矢を手づくりにし、

「兄は見こみもないようだが……お前は、どうかな？」

と、次男の源八にあたえたのが、はじまりであった。

弓につがえた矢を放ち、的を射るという、一見は単純な動作によるこの術技へ、源八が〔狂い〕よばわりされるほどの執着をかたむけてやまなかったのは何故か……ということについて、他の武術や技芸へ、それぞれの術者が精魂をうちこむかたちとおなじだと、こたえるよりしかたがあるまい。

どのような技芸にしろ、おもてにあらわれる基本の動作は単純なものなのである。

だが、ちから充《み》ちて、技が熟すにしたがい、これらの動作の反復をさぐればさぐるほど深さに切りがなくなる。

矢を放って的を射るという一事に、人間の精神と肉体の高揚が無限に発揮されねばならぬ。

それを追いもとめることへの情熱は、他のどのような仕業にもあてはまることだといえよう。

「亡き父が、弓術への、おれの眼をひらいてくれた」

のちのち、源八が何度ものべているように、子松柳左衛門の教導もすぐれていたのだろうし、むろん、源八の天性もよかったのであろう。

父・柳左衛門の弓術は、出雲国・松江十八万六千石、松平家の藩中でもきこえたものだが、

「もはや武芸なぞ、用のない世の中となった……」

晩年の柳左衛門が源八へ、苦笑と共にもらしたつぶやきによってもわかるように、戦乱が絶えてから約七十年を経て、徳川幕府統治の日本は、ようやく平和の土台の上へ、ゆたかな生産と商品経済のひろがりを見せはじめた。

いわゆる元禄の時代である。

戦争よりも政経の世である。

武よりも文の流行である。

ものすべてに、単純より複雑がこのまれ、武士たちは次第に官僚化しつつあった。

兄の十右衛門が家をついだ元禄二年の夏に、父が病死した。

息をひきとる前に、父が源八へいった。

「源よ。生涯を弓ひいて暮しても、男は飽きぬものだぞよ」

次男に生まれた源八は、いうところの厄介者で、養子の口でもないかぎり、一生を兄の世話によって生きねばならぬ身であった。

百石余の家の当主となった兄の十右衛門は、弓はもちろん、刀にも槍にもまったく関心をしめさぬかわり、学問のほうは相当なものだし、上司の気にも入られ、順調なつとめぶりで、

「お前の養子ぐちなどさがすつもりはない。ま、のんびりと好きな弓をひいて暮せ。兄はな、お前と別れて暮すのはさびしい」

十右衛門は、弟の源八にもこころやさしく、父母ともにうしなった兄弟の親密さは、奉公人たちの微笑をさそったものであったという。

ところが……。

源八が十八歳の初夏に、突如、異変がおこった。

兄の十右衛門が、松江藩の汚職事件に連座して、牢へ押しこめられたのだ。

もちろん、子松家は取りつぶしである。

源八も松江城下から追放されることになった。

これが、

〔棚橋くずれ〕

と、呼ばれるもので、松江藩・家老の棚橋近正および、その一党が粛清された事件である。

松江藩の祖は、徳川家康の孫にあたる松平直政で、この殿さまの生母の姉（法橋院どの）を妻にもらったのが棚橋近正の父・勝助であった。

一代の奉公で殿さまの義姉と結婚をしたほどだから、この棚橋勝助という人物は、よほどすぐれたはたらきをしたにちがいない。

こうして、藩主の親族となった棚橋家は、たちまち四百石の身分から昇進をつづけ、近正が当主となってから、ついに二千石の家老職と成り上った。

棚橋近正が、権力と栄光を得て、専横のふるまいをかさね、これが種々の悪風を生み、松平家・譜代の重臣たちの結集による〔正義派〕によって取りのぞかれたのだ。

子松十右衛門は、この棚橋家老へたくみに取り入って愛寵をうけ、三百石余の昇格を見たのであるから、

「自分が罪を受けるのは、こうなった以上、逃れぬところだ」

と、十右衛門は弟・源八へいいのこし、牢獄へ引かれて行ったが、二年後に病死をとげた。

十右衛門の妻、なへは実家の今村方へ身を寄せた。夫婦の間に子はない。

さて、源八は放逐《ほうちく》となったわけだが……。

「ま、源八がことはわしにまかせてもらおう」

家老の一人、三谷半太夫がはからってくれ、松江城下から五里ほどはなれた大原郡・大東の村はずれにある木樵小屋へ、

「住居をゆるす」

ということになり、なんとか食べてゆくだけの手当は、三谷家老がひそかに出してくれた。三谷家老は、故子松柳左衛門の門人でもあったからか……。

大東村へあらわれた子松源八は、兄の汚職を恥じに恥じて憔悴しつくし、肉づきもよかった六尺余の体軀やせおとろえ、

「毛髪うすくして、顔貌旧老《がんぼうきゅうろう》のごとく……」

と、ものの本にあるほどだから、村人たちも、しばらくは、彼が十八歳の若者だとは思ってもみなかった。

二

大東村の小屋へ引きこもったきり、子松源八はほとんど外へあらわれない。

（もしや、どこかへ逃げたのでは……？）

庄屋の芦谷《あしたに》長五郎が、小屋をのぞいて見ておどろいた。

源八はものも食べずに伏し倒れたきり、ほとんど気をうしなっていたという。

ひとすじに弓術へ打ちこむほどの若者だけに、今度の事件に連座したことを恥じ、おもいつめ、村人に顔を見られるのがたまらなかったらしい。

「……というわけでな。そりゃもう、純なお人じゃ」

庄屋のことばに、村人も源八を見直し、好意を抱いたらしい。

「お気の毒にのう」

「おれどもで、なんとか食べるものだけでも……」

村人たちは、米や野菜などを、源八の小屋の戸口へ、そっと置いて来てやることにした。

すると、これを見つけた源八が、

「どなたが、食物をはこんで下されたのか……なにとぞ、教えていただきたい」

近辺の農家の戸をたたき、必死懸命の顔つきで訊いてまわる。村人たちは、源八が怒

っているのかと思ったが、そうではない。はこんでくれた食物の代金を、

「どうあっても、はらわねばならぬ」

と、いうのである。

「ま、かまわずにお口へ入れて下され」

村人が苦笑していうや、

「ならぬ。そりゃ、なりませぬ。物を、代金《あたい》もはらわずにもらってはならぬ。それは、この源八に死ねといわるるもおなじことだ」

源八は、うめくように、

「たのむ、たのむ。どうか代金を……」

両手を合わせておがむかたちとなる。

兄の汚職が、よほど骨身にこたえているらしい。

「それとこれとは別じゃがな」

村人たちも、ひたむきな源八に圧倒されつつ、

「お若いのに、妙なお人よ」

と、いい合ったものだ。

妙な若者だが、

「善《え》えお人や」

に相違はなく、源八の小屋から程近い宇七という老百姓が、

「あなたさまひとりがお口に入れるものなど、たかの知れたことでございます。どうぞ御えんりょなく、うちの畑から茄子でも胡瓜でも、もぎとって食べて下され」

親身にいうや、源八はほろほろと泣き、

「ありがとう」

と、こたえた。

「腹がへったら、そうさせてもらってよいのか？」

「へい、へい。よろしゅうございますとも」

以後、源八は宇七の畑から、時折に野菜をもぎ取ってゆくようになったが、その都度かならず、それ相応の代金を、野菜の茎などへむすびつけて去る。

宇七が、

「いちいち、このようにされずとも」

銭を返しに行くと、

「受けとってくれねば、おりゃ、物が食えぬ」

源八が両手をついて「受けとってくれ。たのむ、たのむ」を、くり返すのみなのである。

「気の毒にのう……」

「それほどまでに、思いつめずともよいに……」

「きけば何と、十八の若さじゃそうな」

「その若さで、わしたちに気がねをしながら、まるで鼠が食うほどのものを口へ入れていなさる。あれではいまに、体がまいってしまうが……」

「その通りとも」

源八に同情が集中したが、村人のこころづくしを源八が強固に受けいれぬのでは、どう仕様もない。

こうして、一年の歳月を経た。

子松源八の生活は、依然、変ることがない。

凝《じっ》と小屋へ引きこもり、わずかなもので空腹をしのぎ、ろくに入浴もせず、弓も矢も手に取ろうとはせぬ。

痩せ細った憔悴の風貌は、むしろ陰惨をきわめ、

「気が狂うてしもうたらしい」

村人の中には眉をひそめる者もいた。

その夏の夜ふけのことだが……。

得体の知れぬような、何とも形容のしがたい悪臭がこもる小屋の中で、十九歳になった源八がぼろぼろの夜具に眠っていると、戸締りもしていない裏手から、人影がひとつ、

小屋の内へ忍び入って来た。

「おお、臭《くさ》……」

人影がつぶやいた。

女の声である。

ろくにものを食べぬにしろ、子松源八は十九歳の肉体の所有者なのだ。

しかも、心身ともに鬱積《うっせき》の極に達した彼の異常な生活が、その若い肉体へどのような作用をおよぼすものか、およそ知れよう。汗とあぶらと、垢との混合から発散するすさまじいばかりの体臭なのであった。

あれほどに打ちこんでいた弓と矢の道から、源八が一年も遠去かっているという一事を見ても、村人の「気が狂うてしもうたらしい」という言葉に、彼は少しずつ近寄りつつあったのかも知れない。

女が、暗闇の中を源八の寝床へ這い寄って来た。

そして、源八に添寝のかたちとなり、夏着の胸も肩も露《あらわ》にし、ふっくらと肥えた腰を押しつけ、

「もし、もし……」

女にささやかれ、源八は目ざめ、はね起きようとしたが、早くも女の双腕が源八のくびを巻きしめ、あっという間もなく、彼は女に唇を吸われていた。

「な、なにをする……だれか？」

「村の女でございます」

「なに……」

「叱《し》っ……大きなお声をお出しなさらぬよう」

むすめではない。声音に成熟した女の落ちつきがあるし、村の女にしては、ことばつきも正しい。彼女の手が、ゆびがやさしくうごき、源八の骨の浮き出た胸から腹のあたりを、ゆっくりと愛撫しはじめている。

「い、いかぬ。これ、いかぬ」

「わたくしに、おめぐみ下されませ」

「な、なにを……」

「男のちからを」

「え……そ、そのようなこと、おりゃ、知らぬ、知らぬぞ」

源八は惑乱をしていた。

女の腕を振りほどこうとするのだが、口もかわき、全身のちからが萎《な》え、萎えていながらするどい欲望にさいなまれ、湯あがりらしい女の、濃くて香《こう》ばしい体のにおいにめくるめくおもいで、

「いかぬ、いかぬ……」

うわごとのように、くり返すのみであった。

「いけないことではございませぬ」

「このようなこと、いかぬ……」

「あなたさまは、わたくしに、おめぐみを下されますのです。善いことをあそばしますのです。二人だけの秘密《ひめごと》でござりますよ」

「いかぬ、いかぬ」

女のくちびるが、源八の胸肌を、しずかに這いまわり、ゆび先が微妙にうごく。

「いかぬ、いかぬ……」

「さ、こうなされませ」

「あ……ああっ……いかぬ」

「おしずかに……おしずかに……」

「ああ、これ……おい、これ……」

三

この夜から、子松源八の生活が徐々に変ってゆく。

女は、百姓・宇七の畑向うの雑木林の小さな家にひとりきりで住み、亡夫が残したいくばくかの田地を耕してい、ひとり息子で十歳になる徳太郎は、松江城下・材木町の米問屋〔伊能《いの》屋平兵衛〕方へ、去年から奉公に出ているそうな。

女の名をおりつといい、年齢《とし》は二十八。

夫の与惣《よそう》に死別してから、五年を経ていた。

おりつの容貌をたとえていえば、中の下か、下の上というところで、まっくろに陽灼けした顔だちのどこをとっても見栄えがせぬ。

ところが裸体になると、おりつの美が遺憾なく発揮される。とても三十に近い女の体とは思えぬみずみずしさであって、衣服におおわれた部分の肌の白さ、なめらかさ、ふっくらとした量感は、

「十八の小むすめにも負けはしませぬ」

おりつ自身が自信まんまんとして、源八にもいいはなったものである。

なにしろ、他の女の体を知らぬ源八であるから、比較すべくもないわけだが、いったん、おりつの肉体の神秘にふれてからは、

「おりゃ、もう、おりつどのだけがたよりだ」

あたたかく、ひろやかな女の乳房に顔をうめ、源八が甘え出した。

「おお、よしとも。たよりにして下され」

「いつまでも、こうしていてくれ」

「なれど、他人に知られてはなりませぬ。男と女のこうしたことは他へもらすものでは

ありませぬゆえな」

「うむ、うむ……」

「そっと、わたくしが、夜ふけに忍んで来るときをお待ちなされませ」

「待つ、待つ」

「待っている間は長うございますよ」

「かまわぬ、かまわぬ」

「これからは月に二度……三度ほどか……」

「それほどしか、来てはくれぬのか」

「わたくしにはすることがございます。百姓をし、夜仕事をし、せがれが一人《ひとり》前になるまでは、女ひとり、何とか食べてゆかねばなりませぬゆえ、な」

「いまのおれには何もしてあげられぬ。おりつどのはえらい。それに引きかえ、おれはどうだ。こうして、一日中、することもなく、只、ぼんやりと……」

「源八さまは、弓をおひきになるのが、お好きでございましたな」

「え……知っていたのか？」

「わたくしは十五の年から三年ほど、御城下の小幡様へ下女奉公に上っておりました」

藩士・小幡忠平の屋敷は、子松家からも程近いところにあり、したがっておりつは、子供のころから〔弓矢狂い〕と、うわさをされた源八のことを耳にしていたのである。

「裏のお山で、弓をお引きなされ」

と、おりつがすすめた。

「ひきたいが……顔を、村人に見られるのが厭だ」

「では、おりつも、ここへは忍んではまいりませぬ」

「それはいかぬ。それは、困る」

「では、好きな弓をおひきなされ」

「うむ……」

一年ぶりに、源八は弓矢をとって裏山へ出かけた。

この日、帰宅した源八の顔にも体にも生気がみなぎってい、翌日も、翌々日も、彼は裏山へ出かけて行った。弓矢を整備する。的を手づくりにする。ついでに小屋の中を掃除する。めしもたく、汁もつくる。

じゅうぶんに物を食べなくては、じゅうぶんな弓矢の稽古が出来ぬのだから当然のなりゆきということだ。

「ああ、うれしい……」

おりつが、日毎にたくましくなる源八の愛撫に眼を細め、

「ほれ、お胸のあたりの肉づきが、こんなにもりあがってきましたなあ」

「そうかな……」

「源八さま」

「何だ？」

「近ごろ、世の中が物騒になり、この村のあたりへも、浪人くずれの盗賊がうろうろしているとか、庄屋さまもえろう心配だそうで」

「ふうむ、そうか……」

「源八さまも、この村の世話をうけておいでになります」

「そりゃ、いかにも」

「その、お返しに、夜な夜な、村中を見まわってあげたらいかがでしょう」

「ふむ、ふむ、ふむ」

源八の双眸《りょうめ》が輝いてきた。

翌夜から、彼は村内見まわりに出かけた。

その仕度が大変なものであった。

半弓を持ち、矢種を背負い、裁着袴《たっつけばかま》をはき、両刀を帯した物々しい武装なのである。

秋から冬へ、そして翌年の春から夏へ……。

源八の夜ふけの巡回は、たゆみなくつづけられ、この間、二度にわたって盗賊を捕えたものだから、村人たちもこのことを知らぬわけにはゆかない。

村の中でも豊かな暮しをしている人たちなどは、そろって外出するときや、家に女子供を残して行くときなどは、「源八さまに留守をおたのみしよう」ということになり、源八また、よろこんでこれを受け合う。

「しごく便利じゃ」

村びとたちは大よろこびであった。

留守をたのまれると、源八は例のごとき物々しい武装で出かけて行き、留守番をする家の中央へすわりこみ、そばへ弓をおき、まわりの戸障子を開けはなち、八方に眼をくばりつつ、いささかの油断もなく、むろん夜もねむらず、外出した人びとが帰宅するまで緊張をゆるめぬ。

「それほどまでになさらずとも……」

留守をたのんだ方も恐縮したり、

「とにかくも、変っていなさるのう」

と、ぷっと吹き出して奇人あつかいにもする。

ところが、源八二十一歳の夏。

ある物持ちの家からたのまれて留守番をしているときに、四人組の強盗が押し入って来たものだ。

夜ふけであったが、緊張中の源八はたちまち気づき、庭から忍びこんで来た盗賊どもへ、

「ふらちもの!!」

声をかけるや、弓に矢をつがえ、たてつづけに射た。

そのとき、この家の下女が源八のはたらきを見ていたが、

「あっという間に、源八さまは四本の矢を射たのでござります。まるで魔法を見たようなおもいがいたしました」

と、語っている。

一本の矢を射たときには、小ゆびにはさみ取った次の矢がつるにつがえられ、その矢をつるにつがえたとき、早くもその次の矢がゆびにはさみこまれている。小わきへまわした箙《えびら》から、いつ矢種をぬき取って小ゆびと薬ゆびの中へはさみこむのか、実に眼にもとまらぬ動作であったというのだ。

しかも夜の闇の中で……。

四人の盗賊が四人とも、命には別条ない尻か太股かへ矢を射こまれ、倒れたやつどもへ駆け寄った源八が用意の縄で、これも「あっという間」にしばりあげてしまった。

この事件は大評判となり、松江城下にもきこえた。

庄屋・芦谷長五郎が、小屋へあらわれ、源八に礼をのべると、

「世の人は、ともすれば異常を忘れ、毎日が必ず正常のものだと思いがちです。私もそのうちの一人なので……ですから尚、留守をたのまれるときは、あのように物々しい仕

度をととのえ、失敗《しくじり》をせぬようにしているまでのことです。私は、人の世の異常に懲りています」

源八が、そうこたえた。

異常に懲りている……というのは、いうまでもなく、兄・十右衛門の汚職と牢死のことをさしたものであろう。

「兄が牢死したと聞いたとき、おれが、お前に会わぬ前のおれであったら、自殺をしていたろうな」

と、源八があるとき、おりつにいった。

二人の間は、まだ村人のだれもが気づかぬままにつづけられていた。

「おれにとって、あれほどにやさしかった兄が、悪事に加担して牢死をする。つまり、弟をいつくしむという善事をおこないつつ、汚政、汚職に手をそめるという悪事をしていたのだもの。世の中のことは実に、条理がたたぬ」

「この村へ、はじめて来たころの源八さまも、すじみちのたたぬことばかりでございましたなあ」

「いかにもな。だが、お前を抱き、いとおしむことの一事によって、おれの心も体も、ちからをとりもどしはじめた」

「それもまた、すじみちがたたぬことではございませぬかえ」

「そういえば、な……」

「ふ、ふふ……」

「人と、人の世は、すじみちのたたぬことばかりでござりますよ」

「は、はは、は……」

「ふむ、ふむ……」

「村の者たちは、あなたさまを変り者じゃというて笑いものにしていながら、あなたさまをたよりにしています。すじみちがたちませぬなあ」

四

こうして、子松源八は奇人あつかいにされながらも、村人の信頼をうけ、約九年を大東村にすごした。

この間、彼の日常は、村と村人への奉仕によってすごされたが、相かわらず、小屋の独居いのまま、おりつとの仲も絶えず、しかも余人にさとられなかった。

宝永七年五月……。

殿さまの松平綱近《つなちか》が隠居し、その弟にあたる吉透《よしとお》が新藩主となった。

これを機会に、九年前の事件で罪をうけた者もかなりゆるされた。源八の兄・子松十右衛門も生きていたら、当然ゆるされて牢を出ることを得たにちがいない。

で……。

家老・三谷半太夫いわく。

「このさい、子松源八をよびもどし、あらためて御奉公をさせたらいかがなものでございましょう。源八、大東の村にて神妙のふるまい、村人のためにもよくはたらきおるとか……」

新藩主も、この三谷家老のことばをいれ、源八は五十石二人扶持をもって松平家へ召しもどされることになった。

ときに子松源八は二十七歳。

農婦おりつ、三十六歳。

別れの夜……。

おりつは狂気のごとく、源八の愛撫にこたえたが、一滴の涙もうかべず、

「たがいに、これまでのことは忘れましょうなあ、源八さま。これまででございます、今夜かぎりでござりますなあ」

と、いったが、源八は一語も発せず、それがおりつには、やはりこころさびしかった。

夜明け前に、おりつが小屋を出て行くときも、源八は落ちつきはらった微笑をもってむくいたのみである。

薄明の畑道を急ぎ、林の中の家へもどったとき、はじめて、おりつは号泣した。

こうして、源八は村人たちの祝福を受け、松江城下へ去った。

夏がすぎ、秋となった。

おりつが、めっきりと老けこんだ。

その秋の或る日……。

突如、子松源八が大東村へあらわれたのを見て、村人たちが瞠目した。

両刀を帯した源八が裃姿の礼装で、人足に担がせた空駕籠につきそい、にこにこしながらやって来るのだ。

「あれまあ、源八さまが立派になったことよ」

「それにしても、ありゃ、なんのまねじゃ」

「相変らず、することが変っていなさる」

村人がさわぎたてるうちに、源八と空駕籠は、百姓・宇七の畑道をまっすぐに、おりつの家へすすむ。

おりつは、山すその畑に出てはたらいていたが、仰天して飛び帰って来た。

「おりつ、久しぶりだな」

「まあ、ごりっぱに……」

「中味は同じだ」

「村へ、なにをしに……?」

「お前を迎えに来た」

「わたくしを？」

「妻に迎えたい。庄屋どのにも、それから、お前の子の徳太郎へも談合ずみだ。徳太郎もよろこんでくれている。さ、この駕籠に乗ってくれ」

「あれ……まあ……」

「かまわぬ。そのままでよい」

またしても「あっという間」であった。

呆然たるおりつをのせた駕籠につきそい、源八は村人たちに手を振りつつ、城下へ去った。

村人たちは道にあふれ、声もなく二人を見送るのみである。

源八の新しい家は、城下の奥谷町にあった。

五十石余の、下級藩士の小さな家である。

おりつを妻に迎えるため、源八は家老・三谷半太夫の助力を仰ぎ、さらに、おりつが若いころ下女奉公をした小幡忠平へもたのみ、おりつを小幡の遠縁の女ということにして、藩庁の許可を得た。階級差のやかましかったそのころとしては、このような手つづきを必要としたのも当然であろう。

だが、手つづきの裏側を知らぬ者はない。

「十も年上の、しかも、あのような醜女を嫁に迎えたという……」

「女の先夫は水のみ百姓であったそうな」

「なるほど、まさに奇人だ」

城下のうわさも、ひとしきりはうるさかったが、二年ほどの歳月がながれるうち、この平凡な夫婦の、ひっそりとした存在を問題にしなくなってしまったようだ。

源八が百石の俸禄をあたえられ〔弓術指南役〕に取りたてられたときも、城下のうわさにはのぼらぬ。地味で目立たぬ昇進なのであった。

そのころ……。

「このごろは、年に何度かは、御客さまもお見えになるようになりましたし、まさかに茶碗酒というわけにもまいりますまい」

と、妻のりつにいわれ、

「では、おれが買うてまいる」

源八は、城下の店へ出かけて行き、好みの酒器ひとそろえを見つけ、

「これを買う。瑕《きず》はないか？」

訊くや、店の者が言下に、

「ござりませぬとも」

と、いいきった。

帰宅して、りつがしらべて見ると、五個の盃のうち二個の糸底に小さな瑕を発見したので、源八へ告げると、

「よし」

すぐさま、酒器を持って、店へもどり、

「おれをだましたな」

叱りつけた。

たしかに、店の者は瑕物であることを承知していたのだが、それが、あまりにも微細なものだったので、まさかに気がつくまい、と思っていたのである。

源八の叱責をうけ、店主が平あやまりの体で、

「申しわけもございませぬ。お代をお返し申しあげます」

「いらん」

「は……？」

「おれは、だまされることが厭さに盃を返す。金が惜しいのではない。お前のほうは金ほしさに客をだました。いまは、おれもだまされずにすんだことだし、お前も金を得たのだから、双方ともに、のぞみを達したわけだ。ちがうか？」

「いえ、その……どうもこれは、おそれ入りましてございます」

「いらぬよ、金は……」

さっさと帰宅し、りつに、このことを知らせると、

「それは、よろしゅうございました」

と、この妻女がこたえた。

また、こんなはなしもある。

あるとき、源八が古道具屋の店先に在る刀の鍔《つば》を見て、いたく気に入り、

「これはよろしい。もとめるが、いかほどだ？」

店の女房が、

「二貫とか三貫とか申しておりましたが……いま、主が留守でございまして、よう、わかりませぬ」

うなずいた源八は、すぐに二貫の代価に相当する金を出し、

「これが二貫だ。もし、あるじが帰って三貫だと申したら、これをあたえよ」

さらに一貫をあたえ、鍔を買いもとめて去った。

古道具屋の主人が帰宅して、このことをきき、

「なるほど、御城下でも評判の変人さまのすることはちごうているな」

女房も、

「こんなまねをすれば、商人《あきうど》はみな、三貫とるにきまっているものを」

腹を抱えて笑い出した。

こうした子松源八の挿話を書きならべていても、切りがない。いくらでも〔はなし〕が残っている。

とにかく、買いたいものは有金のこらずはたいても買ってしまう。いくら安い品物でも、ほしくない物は見向きもせぬ。

五年、十年と経つうち……。

はじめは、わざと代価を二つにわけていい、源八をだまして儲けたつもりでいた商人たちも、

「子松さまをだましつづけるのは、気がとがめてならぬ」

と、先ず弓師の黒井田利右衛門がいい出し、他の者もこれにならい、源八の家へ運び売りをする魚や野菜にいたるまで代価が下ったという。

○

子松源八が、松江城下へもどってから、三十余年を経た。

このころになると、源八の俸禄は二百石余（それ以上の昇進を彼はのぞまず、沙汰があるたび、かたくなに辞退をした）松平家にその人ありと知られた人物になり、源八の屋敷へ奉公した女なら、先をあらそって嫁に迎えたいということで、松江でもきこえた商家のむすめたちが女中奉公をのぞみ、一時は二十余人の女中や下女が無給ではたらい

ていたこともあった。

「子松さまへ御奉公した女ごなら、顔かたちも見ないでよい」

と、いうのだ。

事実その通りで、子松家へ奉公した女で不縁になったものは一人もなく、その縁組は百をこえた。

源八の役目は、依然、弓術指南である。

城内・三の丸の広場にもうけられた稽古場で、六十の源八老人が、三十メートルも彼方の見所《けんぞ》から藩士たちへ、

「伊織の矢は一寸ほど上っている。貞四郎の矢は一寸ほど下っておる」

いちいち、矢をつがえた者へ声をかける。

いわれた通りに矢を放てば、かならず当る。

「老人の、あの眼力のすさまじさ、おそろしさというものは、人間ばなれがしている」

と、藩士たちがいい合った。

中に、直接、源八へいい出た男があり、すると、

「はきと見えるわけではない。長年、弓矢の道だけに没入して暮したわしの勘というものじゃよ」

源八は事もなげに、

「わしには、弓矢の勘だけじゃわえ。あとのことは、みな駄目。みな成らぬ」

と、いった。

源八が生きてあったころの松江藩には、弓術の達者が大量に増えたということだ。

源八は、りつとの間に二男三女をもうけたが、りつと先夫の間に生まれた徳太郎は米問屋〔伊能屋〕の大番頭に出世をし、子松家との親交もふかい。

宝暦七年六月十日。

この日も、子松源八は出仕して、藩士たちへ稽古をつけていたが、井沢某という藩士へ、

「矢が二寸下っておる」

見所《けんぞ》から声をかけ、井沢がその通りに〔ねらい〕を定めて矢を射たところ、的に当らず、矢は的を置いた土盛りへぐさと突き立った。

これを見ていた藩士たちが、どよめいた。

かつて無いことだからである。

うなだれた井沢が、源八によばれた。

「井沢。おぬしが悪いのではない。わしの勘が狂うた」

「は……」

帰邸するや、源八はりつを居間へ呼び、

「本日、わしの眼にも狂いが生じていることがわかった」

「はい……」

ときに源八は七十四歳。

りつは八十三歳であった。

「老いたな、わしも……」

「はい」

「飽いたな、この世にも……」

「飽きましたか?」

「弓矢の道をうしのうては、飽きるより仕方もあるまい」

「では……」

「生きていても益ないことじゃわ」

「どうなされます?」

「食を絶つ……」

「では、わたくしも……」

「なぜに?」

「あなたさまをうしのうては、この世にも飽き果てましょうから」

「うん」

と、この夜から夫婦そろって食を絶ちはじめたものである。

せがれたちも、嫁に行ったむすめたちも、屋敷へ駆けあつまり、しきりにすすめるのだが、老夫婦は居間にすわったきり、箸をとらぬ。

門人たちが多勢、家老の三谷半太夫邸へ押しかけ、

「何とか、先生がものをお食べになるよう、お取りなしをねがいたい」

せがみぬく。

このときの三谷家老は、むかし、源八が世話になった故半太夫の息子であり、源八の門人でもある。

三谷家老、源八をおとずれ、

「亡き父と先生との御交誼にめんじ、一口なりとも召し上っていただきとうござる」

すでに絶食して半月ほどを経た源八にたのむと、

「おお……まさに」

うなずき、床をならべて寝ているりつを起し、

「まさに、亡き父君にうけし御恩をおもえば、そこもとの御言葉にしたがわねばなりますまい」

すでに、気息が絶えかけている老妻をたすけ、共に、重湯《おもゆ》ひとくちをのみこみ、

「それがし、むかしからの弓矢狂いにて、さらには人の常道を外れたるふるまいも多く、

みなみな方へ御迷惑をおかけ申した」

「何を、そのような……」

「ま、おきき下され」

「は……？」

「それがし、金力を忌み、つとめて立身の事をも避け、一介の弓術者として生き、死ぬることをひたすらにねがいつづけてまいった。されば、いまの浮世に奇人とよばれるゆえんにござる。なれど、それがし、本心は人一倍に金もほしく、立身出世も好きな男なのでござる」

「え……？」

「好きなればこそ避けて通った。おわかりかな？……世にある奇人たるもの、みな、それがしと同様でござろう。奇にして奇にあらず。つまりは浮世の常道とやらいうものがおそろしい。ま、臆病者なのでござろう。年若きころ、兄・十右衛門の牢死に出合うてより、それがしは、このような男になってしもうた……」

にっこりといい終え、床に臥した。

この日より七日目。前夜に息をひきとった亡妻のなきがらのそばで、子松源八は毎夜のねむりについたような大往生をとげた。

寛政女武道

一

大川（隅田川）をながして行くうろうろ舟から、

「西瓜や西瓜……まくわ瓜もござい」

の売り声が、遠くきこえる。

お久は、男の腕の中で放心していた。

「好きだ。私はお久さんが、いよいよ、好きになった……」

男……松岡弥太郎は、汗にぬれたお久の乳房へ顔をうめ、とぎれとぎれに感動のつぶやきをもらしている。

晩夏の午後の陽ざしが障子の外にみなぎっていた。閉めきった小座敷の中は、熱気と健康な男女の体臭とで蒸れつくしてい、小肥りながら肌の張った、肉の引きしまったお久の女ざかりの肉体をおもうさま味わいつくした弥太郎であったが、

「お久さん。おれはもう、もうお前を、はなせぬ。よいか、はなさぬぞ」

泣きむせぶような声でささやきかけつつ、飽くことなく、たくましい両腕に若いちか

らを、またも加えはじめた。

「あれ、もう……」

「かまわぬ」

「もどらねば、なりませぬ」

「かまわぬ」

「なれど、旦那さまが……」

「先生には、おれがうまくいうてやる」

「あれ、そんな……」

「いい。いいではないか……」

お久が〔旦那さま〕といい、弥太郎が〔先生〕とよぶその人は、浅草・元鳥越町、松寿院裏に奥山念流の剣術道場をかまえる牛堀九万之助のことである。

つまり、お久は牛堀家の女中であり、松岡弥太郎は、その門人ということだ。

門人と女中が、師匠（主人）の眼をぬすみ、御蔵前代地の船宿〔つたや〕の二階座敷で逢引の最中《さなか》というわけであった。

やがて……。

二人が汗をぬぐい、衣服をつけ、大川に面した障子を開け放ったとき、陽は西へかたむきはじめている。

お久は、化粧の気もない少年のような面だちへ、みちたりた微笑をうかべながら、松岡弥太郎へ、こういった。

「これきり……今日かぎりのことといたしましょうね」

「ばかな。せっかくに、こうなったものを……」

「いいえ。あなたさまはれっきとした御旗本の御子息。わたくしは身寄りもなく、女中奉公をしている女。いま申しあげますけれど、わたくしは前に夫《つま》をもったことがございます。その夫が亡くなりましてより、五年にもなりますが、こうして今日、あなたさまのおさそいをうけましたのも……」

と、お久はくびをあからめてうつ向いた。

男の肌恋しさに耐えきれなくなり、執拗な松岡弥太郎のさそいに、あえて負けた……そこまでは、ついに言葉にしなかったお久であったが、

「弥太郎さま……」

急に、きびしい眼の色となって近寄るや、

「男女が情事《こと》は、二人のみのこと。他言は無用にござります」

と、いったものである。

女の威厳がこもった声であった。

「むろん……むろんのことだ」

気圧《けお》されて、弥太郎は何度もうなずく。

いつも、なりふりかまわず、黙々と、飯をたいたり洗濯をしたりしているお久には感じたこともない圧力に、

「お久は、武家の出かも知れないぜ」

と、同門の坂口兵馬が洩らしたことばを、弥太郎はふっと想起した。

「では……」

お久が、にっこりと笑い、

「これよりは、以前《もと》のままに……」

一礼するや、しずかに座敷から出て行った。

坂口兵馬が、この座敷へあらわれたのは、夕闇が濃くなってからで、酒をのみながら待っていた弥太郎を見るや、

「おい、やったとなあ」

「うん、やった」

「どうだった、あの女の味は……」

「すごい。いや、すさまじい……」

「そ、そうか。やはり、な……」

ごくりとつばをのみこむようにして兵馬が、

「おれのいった通りだったろう、え……女というものは外から見ただけではわからん。いつもは男っぽく立ちまわり、汗水ながしてはたらいているお久の肉体《からだ》に底ふかくかくれひそんでいるところの妙味を、おれは前々から見きわめていたものな」

「おれが勝ったな、兵馬」

「負けた。二人で、さそいをかけ、どっちが早く味を見るか……お久め、お前をえらんだ。にくいよ、全く」

「うふ、ふふ……」

「今度は、ひとつおれが……」

「よせ」

「なんだと」

「おれとも今日かぎりだというたぞ」

「だから、今度はおれさ」

「ま、やってみることさ」

二人とも、二十五歳の若者で、外神田に屋敷がある旗本の次男坊だし、気楽な身の上だし、遊び好きだし、だが剣術は子供のころから大好きで、道場へあらわれるときは神妙なのだが、裏へまわれば父兄にかくれて博奕もうつし売女も買うという……幕末の時代《こ》の典型的な要領のよさで日を送っている弥太郎と兵馬なのである。

お久は、彼らより一つ上の二十六歳であった。

酒肴がはこばれて、弥太郎と兵馬は盃をあげたが、

「おい、お久な……」

「何だ、弥太」

「うふ、ふふ……」

「おい。いえよ、おい。お久がどうした?」

「他言無用だとさ」

「へ……他言無用はよかった。は、はは……」

「うふ、ふふ……」

二

数日して……。

坂口兵馬が牛堀道場の台所へあらわれ、野菜を調理しているお久へ、

「明日の昼すぎ、御蔵前代地のつたやで待っている」

と、ささやき、返事もきかずに去った。

お久は、これを見送って凝然となった。

(なぜ、あの船宿のことを坂口さまは知っているのだろうか……?)

お久は弥太郎をさがしたが、この日も翌日も、彼は道場へあらわれなかった。

三日目の夕暮れ近くなって、お久が表通りへ買物に出かけたその帰りに、松寿院・裏門前で、坂口兵馬から声をかけられた。

「昨日、なぜ来なかったのだ？」

お久、こたえず。

「弥太郎としたたかにたわむれたくせに、おれのさそいは受けられぬというのか」

お久の顔色が変って、

「松岡弥太郎さまが、そのようなことをあなたさまに申されましたのか？」

兵馬は、こたえぬ。武家の子弟には似合わぬ下卑《げび》たうす笑いをうかべ、

「来いよ。来ぬと、弥太郎のことを先生に申しあげるぞ」

いい捨てるや、さっさと松寿院の境内へ入って行った。

一瞬ためらったお久だが、意を決した様子で後につづいた。

境内の弁天堂のうしろの木立の中へ、兵馬は踏みこんで行き、お久を待ちかまえた。

夕闇がたちこめている境内には、ほとんど人気《ひとけ》がなかった。

「何用でござります」

間隔をおき、お久が切りつけるようにいった。

「こ、来い。ここへ来い」

「なぜに？」

兵馬は、つけこむ隙がなかった。

それが彼をいらだたせ、怒らせた。

「ふん……弥太めになぶられたくせに、もったいぶるなよ」

「そのようなことをだれが申しました？　うけたまわりたく存じます」

「うるさい」

いきなり兵馬が飛びかかり、お久を乱暴に抱きすくめようとしたが、

「あっ……」

女に体をかわされた上、両手をひろげて泳ぐところを突き飛ばされ、兵馬は地へのめった。

「おのれ、こいつ……」

立ち直ったとき、早くもお久は木立から走り出し、裏門の方へ駆け逃げている。

「待て、おのれ……」

逆上した兵馬が血相を変えて走り出したとき、振り向いたお久が何時つかみ取ったものか、拾った石を投げつけてよこした。

「わっ……」

適確に、その石塊《いしくれ》が兵馬の鼻柱を強打し、彼は意外の逆襲に度をうしない、転倒した。

顔を押えた両手のゆびの間から鼻血がおびただしくながれ出した。

お久の姿は、すでに境内から消えてしまっている。

「おのれ、女め……あの女、おのれ……」

さすがに、兵馬は烈しい屈辱に全身を瘧《おこり》のようにふるわせ、

「た、只ではすまさぬ。只ではすまさぬ」

憎悪にゆがむ面が、やがて凍りついたようにうごかなくなった。

牛堀道場へもどったお久は、いささかの動揺もなく夕飯の仕度にかかり、食膳をととのえて主の居間へはこんだときも、平常と変りがなかった。

牛堀九万之助は、この年、寛政元年で五十二歳になる。生涯、妻をめとらず、ひたすら剣の道へ没入して独自の境地をひらいた。

生国は上州・倉ヶ野というが、江戸へ出てから二十年ほどになり、十年前に元鳥越の町絵師の住居だったいまの家へ移り、道場をかまえた。門人の数は多くないが、越前・大野の領主、土井能登守をはじめ大名たちの庇護もあるし、門人の中には幕臣の子弟も多い。

元町絵師の家を改造した道場は二十坪ほどで、これに、牛堀九万之助の居間兼寝室、台所、奉公人の部屋二つほどの簡素で小さな母屋がついている。

奉公人は、女中のお久のほか、老僕の与五郎ひとり。道場の清掃のみは門人たちがお

こなう。

豆腐に、茄子の味噌汁、香の物、という夕飯をとり終えたとき、牛堀先生が給仕のお久を見やり、

「何か、お前の身に異変でもあったのか？」

と、問うた。

「いえ、別に……」

「そうか。それならよい」

「なにか、私が……？」

「いや、この二日ほど、味噌汁の味が変っていたのでな。これまでに変らぬものが急に変った。たかが味噌汁のことではあるが……いつものお前には似合わぬことであったから……」

こういわれたとき、お久は胸中愕然となったけれども然《さ》り気なくよそおい、台所へ引きとった。

お久が、この牛堀家へ奉公に来たのは、三年前のことである。

牛堀九万之助が俳諧の友として交際をしている日本橋通り一丁目の書物問屋〔嵩山《こうざん》房《ぼう》〕主人の岡田屋喜右衛門に、

「女中、と申しても、下女ばたらきもしていただかねばならぬのでござるが、むろん、

妻なきわれらが身のまわりの世話もしていただかねばならぬ。いままで居てくれました女《もの》を縁づかせましたのでな、困っておるところです。ひとつ、よい人をお世話ねがえますまいか」

こうたのむと、

「うってつけの女がございます」

岡田屋喜右衛門が打てばひびくように、

「私めの故郷は大和・郡山でございますが、やはり同国の人の忘れがたみ。父母もなく兄弟もないという……」

「ほう……それはお気の毒な」

「二十三歳になりますが、一度、夫《つれあい》に死に別れまして……」

「そりゃ、尚更に気の毒な……」

「ゆえあって身分は明かせませぬが、よろしゅうございましょうか？」

「喜右衛門殿におたのみしたことゆえ、あなたがよしと思われるなら、身どもはいささかも差しつかえござらぬ」

「さようでございますか」

と、喜右衛門は大よろこびであった。

「実は牛堀先生。その女は、いま私のところに置いてございます。なれども、なにぶん、それ……」

「何やら深い事情がござるのだな」

「はい。なれど、当人からくれぐれも、その事情をもらしてくれるな、と……」

「心得ております。身どもは何とも思いませぬ」

「ありがとう存じます。これはもう、先生のおそばに置いていただければ、私も、大安心なので」

「では、おまかせいたす。よろしゅうに」

牛堀九万之助は、それ以上の詮索をしなかったし、しようとも思わぬ。

お久が、わずかばかりの荷物と共に牛堀道場へあらわれたのを、ひと目見て、

「これは、よいひとが来てくれた」

九万之助が大きくうなずき、

「胸にわだかまることがあれば何事にてもよろしい、わしに相談をしてくれたらよい」

「ありがとうございます」

お久のほうも、安堵にほっと面に浮いた緊張をゆるませたものだ。

住みこんでみると、お久のすることなすことがことごとく牛堀先生の意にかなった。

出しゃばらずに行きとどき、しかも妙に女くさい雰囲気をつくらず、てきぱきとはたらいてくれる。

（武家の出だな）

と、そこはすぐに看てとった牛堀九万之助も、地味な衣服に包まれたお久の、女ざかりの情欲の眠りには考えおよばなかったといえよう。

そしてこのことは、お久自身にさえ意識されなかったことなのである。

夫と死別して以来、お久は二度と結婚をするつもりはなく、男の肌にふれず、これからの生涯を送ることを当然のこととおもいきわめ、だから坂口兵馬や松岡弥太郎がいくらいいよっても、冷然たる一瞥《いちべつ》をあたえるのみの彼女であった。

しかし……。

お久も女性である。

兵馬と弥太郎とをくらべたなら、松岡弥太郎を好もしくおもった。二人とも謹直な牛堀先生の前では蕩児《とうじ》の片りんも匂わせなかったし、事実二人とも剣術は相当なもので、牛堀道場へ来る前は、外神田に念流の道場をかまえていた山口休伝《きゅうでん》にまなび、休伝病歿後、牛堀九万之助の門へ入った。

二人とも幼年のころから剣術をまなび、すじもよく、したがって自信もあるし、稽古がおもしろくてたまらない。いまでは牛堀道場でも十指の内に数えられるとかで、

「いまの旗本の子弟の中では、ましなほうでござろうよ」

と、いつか牛堀九万之助が、道場へあらわれた土井能登守の家臣・笹井主水に語って

いるのを、お久も茶菓をはこんだとき、耳にしている。

ともあれ、それほどの手練《てだれ》のもちぬしである坂口兵馬だけに、松寿院境内で、たかが女に突き飛ばされてよろめいたあげく、石つぶてを顔面に受け、鼻血までながしたのだから、彼が激怒したのも当然であったろう。

三

(なぜ、あのことが坂口兵馬に知れたものか……?)

お久は、まだ松岡弥太郎をうたぐってはいなかった。

道場で見る弥太郎は、男らしく引きしまった顔貌で、すっきりとした細身の体軀だが、その筋骨のたくましさは、お久の眼に歴然としていた。

彼が傍へ来ると、青葉の樹林を吹きぬけてくる風のように、なまなましい体臭がにおう。

「いつか、だれにも知られず、そっと、どこかで会ってくれぬか」

と、弥太郎は、すれちがいざまに何度もささやいてきたものだ。坂口兵馬のほうは
「夜ふけに忍んで来る。だから、道場の中にいて待っていてくれ。な、あそこならだれもいないぜ」と、露骨に下卑た笑いを見せてずけりという。

どちらも黙殺していたけれども、何かひたむきな情熱を双眸にきらめかせ、低く、ま

じめな口調でささやきかけてくる松岡弥太郎の技巧を技巧ともおぼえず、

（松岡さまは好もしいお方……）

床へ入ってから、お久は弥太郎に愛撫されている自分を想いうかべ、口中がかわいてくることもあった。

亡夫・中村又四郎によって、お久の女は充分に開花していたのである。

しかし、お久は牛堀九万之助につかえることで満足をしていた。

亡き父・塚本左内もひとかどの武芸者であった。剣術ではない、根岸流・手裏剣術の名手であり、「女子がおぼえておいて悪しゅうはない」と、父はお久が八歳のころから手をとって手裏剣術を教えこんだ。

ちなみにいうと、郡山藩士でもあった塚本左内のひとりむすめとして暮していたころのお久の名は久江といった。

十七歳の春。彼女は父と共に、藩主・柳沢甲斐守の面前で、手裏剣術の披露をしたことがある。

このとき……。

塚本左内は五間（約九メートル）の距離をへだてて立てられた二十の黒印のある長さ十五尺の細長い板の的へ向い、両手につかんだ二十本の手裏剣をまたたく間に投げ打ち、いずれも的の中心へ当てこんだ。

すると久江は〔蹄《ひづめ》〕と称する小石ほどの鉄片二十一個を革袋につめてあらわれ、これは十間をへだてて、父の投げた手裏剣が突き立っている的へ向い、

「えい、や!!」

気合声をあげ、革袋の中の〔蹄〕を次々に投げ打つ。

久江が投げた鉄片は一個ずつ、的へ突き立った父の手裏剣のあたまへあやまりなく打ちこみ、するどい音をたてた。

最後に残った一個を、

「えい!!」

長さ十五尺の板の的のどこかへ投げつけると、その反動で、父・左内が突き立てた手裏剣がいっせいに抜け落ちた。

郡山城内・毘沙門曲輪《びしゃもんくるわ》内にもうけられた演武場のどよめきが、しばらくはやまなかったという。

このことあって半年後に、塚本父娘は郡山城下を脱走することになる。

以来、九年の歳月がながれているわけだが……。

その父も四年前に病死してしまった。

母は、久江……お久が十二歳のころ、早世し、以後、父は後妻を迎えなかった。

いまのような身の上になってみると、尚更に、手裏剣術が自分の人生にどのような役

割をつとめ果してきたのか、お久もよくはわかりかねるが、気息の鍛練によって肉体の疲れを知らず、日常のふるまいに一点のむだがなく、神経がゆきとどくようになった。

牛堀先生も彼女を見たとたんに、このことがお久にそなわっているのを看破し、「よいひとが来てくれた」と、いい出たのであろう。

下女であり女中ではあるが、牛堀九万之助は、お久をわが子のようにいつくしんでくれているし、したがってお久も、

（亡き父を見るような……）

おもいがして、懸命につかえてきた。

自分の過去へ一指もふれようとはせぬ心づかい、そのひろやかな牛堀の度量もありがたく、うれしかった。

（このままで、よかった……それなのに、なぜ、わたくしは若い男がほしかったのだろう……）

わからぬ。

あの日……。

福井町に住む横田道伯という町医者のところへ、牛堀先生の手紙をとどけに行き、その帰途、御書替役所の前まで来ると、前方の鳥越橋を渡って来た松岡弥太郎が童児のような無邪気な微笑をたたえて近寄り、たがいに礼をかわしてすれちがったとき、

「お久どの。抱いて……抱いて下さい」

甘えた、ひたむきなささやきを熱い息と共にお久の耳へ投げかけ、そのまま、後も見ずに遠去かって行く。

この転瞬……。

お久の肉体は電光のような衝撃をうけたのである。

なぜか、わからぬ。

いや、このときまで知らず知らず彼女の心身に鬱積していたものが一時にほとばしり出たのであろうか。

われにもなく、お久は弥太郎の後を追って行った。

弥太郎は船宿〔つたや〕の戸口まで来て、はじめて振り返り、お久を手招いたのである。

いま、お久の胸の内にしまいこまれている松岡弥太郎は、あのとき、別れぎわに、

「男女が情事《こと》は二人のみのこと。他言は無用にござります」

と、念を入れたお久の、まことにもっともなことばにそむき、下らぬ友人に二人の秘事を打ちあけるような若者だとは、とうてい考えられなかった。

だが……。

弥太郎は、あの日以来、ふっつりと牛堀道場へ姿を見せないのである。

坂口兵馬も松寿院境内での事件《こと》あってより、道場へは来なくなった。

こうして、十日を経た。

四

その日は、朝から雨であった。

雨の中を、牛堀九万之助が筋違橋《すじかい》内の土井能登守・上屋敷へ出かけて行った。

月に二度の出稽古のきまりの当日で、この日には牛堀先生、高弟・山城一平をつれて土井藩邸へ出かけ、藩士たちの稽古に立ち会うのである。

この日は稽古が終ってから酒飯をもてなされ、能登守の話相手をつとめ、牛堀九万之助が道場へ帰るのは夜ふけになるのが常例であった。

「与五郎。目黒の姪《めい》ごが病気じゃとか申していたが……泊りがけで出かけてもよいぞ」

と、牛堀にいわれ、老僕・与五郎も昼前に目黒村へ出かけて行った。

この日。

めずらしく坂口兵馬が道場へあらわれ、他の門人たちに稽古をつけてやっている。

午後。兵馬は帰りぎわに裏手へまわって来、台所ではたらいているお久を窓の外からのぞき、妙な笑いをもらした。

何となく無気味な笑いであった。

お久は屹と見返し、

「松岡さまは、いかがなされておいででございます」

「弥太郎のことが気になるのか、ふん……」

「このごろ、道場へお見えになりませぬが……」

「会いたいのか」

「はい」

「ほう……はっきりと申すではないか」

お久は、こたえぬ。

「ふん……弥太に抱かれるのが、それほどによいのか。え……」

「お久がお訊き申しあげたいことがございますゆえ、そのことをおつたえ下さいませ」

「お訊き申したい、と……？」

「はい」

「ふん。よし、たしかにつたえよう」

「お願い申しあげます」

「よし。ふん、よしよし」

兵馬は、去った。

そのうちに、雨が激しくなってきた。

お久は、ひとりで留守居をしている。

それは何刻ごろであったろうか……。

夕暮れ近くになっていたことはたしかだが、土砂降りの雨で日中からうす暗く、台所につづく板の間で、お久は針仕事をはじめたけれども、おもうように針がはこばぬ。

と……。

強い雨の音の中に、数人の人の足音が近寄って来るのを、お久は知った。

(……?)

板の間の右側の小部屋へ、彼女は入った。

台所の戸が開いた。

坂口兵馬だ。

松岡弥太郎だ。

そのほかに五人のさむらい。いずれも、弥太郎と兵馬の悪友どもであり、内ふたりは年長の無頼浪人なのである。

「いないぞ」

と、弥太郎がいった。

「いない筈はないさ」

兵馬がいい、

「逃がすなよ」

と、五人にいった。

「よし」

「さがせ」

五人が、土足のまま板の間へ上ろうとしたとき、

「何用でござります」

小部屋から、切りつけるようにお久が叫んだ。

小部屋の板戸は閉めきられている。

「いたぞ」

坂口兵馬がうなずき、

「かまわぬ。やっつけろ!!」

「お待ちなされ!!」

閉めきった戸の内から、またも、お久の声が凜々《りん》としてひびきわたり、

「牛堀先生御不在の御住居へ、ことわりもなく乱入なさるはゆるしませぬ」

「だまれ!!」

「お立ち去り下さいませ」

ぴしり、きめつけておいてから、

「そこに、松岡弥太郎さまがおいででございますな」

「おう、いる」

弥太郎がくびをすくめ、うす笑いをしながら、

「いたらどうした？」

「ここまで、おはこび下さいませ」

坂口兵馬が舌うちをして、

「弥太だけをおよびだとよ」

「ふふん。そねむな、そねむな」

と、弥太郎が板の間へ上り、

「何か用かね？」

あのとき、船宿〔つたや〕で、お久の体をなぶったときとはがらりと変ったふてぶてしさで、

「お久さん。あまり、むきにならぬがよいぜ」

「松岡さま」

「うむ？」

「私のことを、他言なされましたのか？」

「ふん……」

「なされましたな」

「ふふん……」

「女ごの体をおなぶりになったことを、あなたさまのような、りっぱな御旗本の御子息が……そのようなことを自慢気に他人《ひと》へおもらしなさいますのが、江戸の武士のなさいますことか」

弥太郎は苦笑し、

「おもいのほかに気の強い女だ。ふふん……あのときは声をからしてよろこび、まるで気ちがいのような仕ぐさをしたくせに……」

お久が、急に沈黙した。

坂口兵馬は、五人を見まわし、

「おれが先だぞ」

と、いった。

五人が、みだらな笑いを浮べてうなずく。

「畜生め」

兵馬は弥太郎を押しのけ、

「おもうさま、なぶってくれる。この七人でな。覚悟をせい」

と、小部屋の中へ怒鳴った。

こたえがない。

兵馬は大小の刀を脱し、これを弥太郎へわたし、

「お前が一番先に味見をしたのだから、今日は最後にやれ」

「うむ。いいとも」

兵馬が板戸へ手をかけ、

「お久。いやだとはいわせぬ。裸になれ!!」

こたえがない。

兵馬は袴をぬぎ、がらりと板戸を開け、小部屋の中へ一歩足をふみこんだ。

その瞬間であった。

「ぎゃあっ……」

すさまじい悲鳴をあげ、坂口兵馬が両手で顔を押え、板の間へはじき飛ばされるように転倒したものである。

「あっ……」

一同、おもわず目をみはった。

のたうちまわる兵馬の右の眼へ、ふかぶかと突き立っているものがある。

それは長さ四寸八分五厘、重量十二匁余の根岸流・釘形手裏剣であったが、みんな、それと見きわめる余裕もなく、

板戸を蹴放し、いっせいに小部屋へ躍り込んで行った。

「おのれ、女め!!」

五

このとき、お久は壁ぎわにぴたりと身を寄せてい、六人が室内へ躍りこむのと同時にすりぬけて、台所の板の間へ飛び出していた。

「こいつめ!!」

それと気づき、六人が身を返して、またも小部屋から飛び出して来るのへ、

「えい!!」

お久の右手が颯と上がり、たちまちに一人が、坂口兵馬同様に手裏剣で右眼を突刺されてのけぞった。

「や!!」

板の間から土間へ飛び下ったお久が、たてつづけに釘形手裏剣を三個、投げ撃った。

三人が、眼・鼻などへ打ちこまれ、悲鳴をあげて倒れる。

それほどにひろくはない台所と板の間で、お久を手ごめにしようとした七人があわてふためき、顔面を血だらけにし、ぶつかり合い、ころげまわっている。

「うぬ……」

無傷の無頼浪人が、ようやく抜刀したが、すでにおそい。こやつも左眼へ打ちこまれて刀を放り出し、

「逃げろ」

と、わめいた。

お久は、土間から裏庭へ走り出た。

坂口兵馬が大刀をぬき、手負いの猛獣のような顔つきで追いかけて来たが、二間と傍へ近寄ることも出来ず、残った左眼へ釘形手裏剣を打ちこまれ、泥しぶきをあげて倒れ、倒れたかと思うと、今度は恥も外聞もなく、必死に這いずりつつ、逃げにかかった。

「に、逃げろ、早く……」

傷ついた浪人どもが、それでも兵馬の体を助けおこし、よろめきよろめき、逃げ出して行くのを、お久は追わない。

追わずに道場南側へ駆けた。

「あっ……」

道場の小さな戸口から逃げようとした松岡弥太郎が叫び声をあげ、

「お久、さん……な、なにをする」

「松岡さま。あなたさまは男と女の条理をわきまえぬお人でござりましたな。たがいに肌をゆるし、しかも夫婦《めおと》になれぬことがわかりきっている男と女の秘密《かくしごと》を他人にいいふ

らすとは、もってのほかにございます」

「む……」

「あれほどに、他言無用と念を入れましたのに……」

「だまれ、うるさい!!」

弥太郎は、お久の両手に手裏剣が無いのを見るや、居丈高となり、

「おのれ、退《ど》け。退かぬと斬るぞ!!」

大刀の柄《つか》へ手をかけて脅したが、その「斬るぞ」の語尾が消えぬうちに、お久が突風のように、素手のまま襲いかかった。

「あ……」

身をかわして抜き打とうとしたが、せまい戸口に半身を出した姿勢だったし、戸に体が当ってうまくゆかぬ。

お久は弥太郎のふところへ飛びこみ、彼の脇差を引きぬきざま、

「女の恥がどのようなものか、知ったがよい」

叫びざま、のしかかるようにして、ぐさと脇差を弥太郎の腹へ突き入れたものである。

血が疾《はし》った。

「あ、うわぁ……」

雨戸をしめきった道場内へ仰向けに倒れこみ、松岡弥太郎がもがきぬくのへ、

「もはや、これまで。御覚悟を……」

と、よびかけ、お久が脇差を持ち直し、弥太郎へとどめを入れた。

いっぽう……。

坂口兵馬を抱えて牛堀道場を逃げた五人の浪人どもは、それでも感心？に、福富町一丁目の〔伊勢崎〕という料理屋の裏口から入って、強引に兵馬の応急手当をおこなった。

駕籠を呼ばせ、自分たちも顔へ包帯をしてから、中の二人が駕籠へ入れた兵馬へつきそって、外神田の坂口屋敷へ送りこんだ。

旗本・坂口家の当主は、兵馬の兄・宗三郎であったが、

「ばかもの!! 女に両眼をつぶされた上、おめおめ帰邸いたすとは何事じゃ!!」

弟・兵馬を叱りつけ、

「きさまも来い」

みずから大刀をつかみ、家来四名に兵馬の駕籠を守らせ、

「その女を成敗してくれる!!」

小降りになった雨の中を、牛堀道場へ駆け向った。

すでに、夜である。

兵馬を送って来た二人の無頼浪人は、いつの間にかどこかへ消えてしまっていた。

彼らが、牛堀道場へ到着する少し前に、牛堀九万之助が門弟・山城一平と共に土井藩邸から道場へもどって来た。

もどって見て、この師弟は呆然となった。

血痕もなまなましい板の間の傍の小部屋には灯がともり、香がたきこめられてい、ここに白布をもって面をおおわれた松岡弥太郎の遺体が横たわっていた。

その真向いに、お久……塚本久江が死んでいる。

牛堀先生があらためて見ると、お久は、我が腹を懐剣で一文字に浅く切りまわし、そうしておいて白布を巻き切口をかくし、衣服を着替え、正坐して頸動脈を切り断ち、息絶えたことがわかった。

「むむ……」

牛堀九万之助がうなり声を発し、

「みごとな……」

「先生」

山城一平が、

「お久さんの遺書らしゅうございます」

「おお……」

開封して見ると、お久は、これまでの事情をあますことなく書きのべ、

「いずれ、松岡弥太郎さまのみには、お目にかかって他言の有無を問いつめるつもりでございましたが、思いもかけぬ乱入に会い、やむなく立ち向いました。御屋敷内、ことには道場を血に汚しましたる不調法、なにとぞおゆるし下さいませ」

と、あって、さらにお久は、いままでだれにも打ち明けることがなかった自分の過去を書き語っている。

それによると……。

お久の父・塚本左内は、九年前に、郡山において同藩の朝宮《ともみや》伊兵衛という士を斬殺した。だまし討ちではない。正々堂々の果し合いに勝ったのである。

この二人の争いの原因は、藩の政治についての論議をしているうち、

「やむにやまれぬ仕儀と相成り候ゆえ……」

と、お久は簡潔に記してある。

このとき左内は、お久に、

「正規の果し合いなれば、わしが自決することは武士の作法にそむくことになる。人を殺《あや》めたなら即座に腹切るが武士の道なれど、この場合は別じゃゆえ……」

といい、すぐさまお久のみを連れて郡山城下を立ち退いたが、斬った朝宮伊兵衛には弟もあり、二人の子もある。これらの人びとが左内を追って、敵討ちしようとするのは当然のことであった。

だから塚本左内は悠々と足をはこび、奈良を経て、木津の町を出外れた木津川のほとりで、追いついた朝宮の遺族を迎え撃った。

追手は伊兵衛の弟の朝宮伍介に、子の朝宮忠右衛門（二十四歳）と亀次郎（二十歳）。家来二名を合わせて五名である。

こちらは父娘二名。

「手出しをするな」

と、父が命じたけれども、お久はきかなかった。

父が朝宮伍介、忠右衛門と斬り合ううち、彼女は釘形手裏剣を投げて朝宮亀次郎の右眼を突刺し、家来二名にも同様の傷をあたえて父を助けた。

塚本左内は手裏剣を使用せず、大刀をぬきはらって激闘し、ついに伍介と忠右衛門を討ち殪《たお》した。そして、右眼を傷つけられながらも立ち向って来る亀次郎にはかまわず、お久をうながして立ち去ったという。

「……その後、父と私は岡田屋喜右衛門殿の御世話をうけ、近江・前原の郷士、中村長左衛門殿方へ移り、間もなく私は中村家の次男・又四郎殿と夫婦になりましたるが、二年後に夫はみまかり、間もなく父・左内も中村家において病歿いたしました」

そこでお久は、ふたたび江戸へ来て、岡田屋喜右衛門にかくまわれることとなり、やがて牛堀道場へ引き取られたのである。

女ながらも亡父・左内を助け、この彼女の手裏剣によって右眼失明した朝宮亀次郎は、そのうらみを忘れず、大和・郡山を七年前に発し、いまも塚本父娘を探しまわっているらしい。

「朝宮亀次郎に見出されましたるときは、素直に首を討たれ、亡き父ともども、朝宮家の怨恨をはらしてさしあげようものと、そのときの覚悟はきわめておりました。なれど本日、おもいもかけぬ椿事《ちんじ》がおこり、このような御めいわくをおかけすることになってしまいました。申せば浅はかな女のうらみ、怒りが原因《もと》でござりますが、なれどそれは女の心身にひそみかくれた真実《いのち》でもござります。なにとぞ……なにとぞ、おゆるし下さいますよう……海山の御恩報じもかないませず、かく不始末を仕出かしました上、ひとり勝手に相果てましたること、申しわけもござりませぬ、申しわけもござりませぬ」

そして……。

自分の死を江戸の郡山藩邸へ知らせとどけて下さるなら、この上のしあわせはない……と、したためてある。

この遺書を黙然と読み終えた牛堀九万之助は、

「ともあれ、岡田屋喜右衛門殿に、このことを……」

と、山城一平を日本橋へ走らせた。

雨がやんだ。

牛堀先生は、ひとりで板の間をふき清め、お久と弥太郎の遺体を居間へ安置し、通夜の仕度にかかる。

（そうじゃ。弥太郎の父兄へも、このことを知らせねばならぬ）

そう思ったとき、玄関口から坂口宗三郎が、駕籠の中で気を失ってしまった弟・兵馬をかつぎこみ、四人の家来と共に、

「女はどこじゃ。出てまいれ!!」

わめき声を放って、居間へ乱入して来た。

「お……牛堀先生」

「宗三郎殿か。女はこれに……」

弥太郎とお久の遺体を見て、宗三郎は奮然と、

「先生。こやつめの死体をお引きわたしねがいたい」

「それは困る」

「何と、申されます。この女めは、兵馬をはじめ、そ、その松岡弥太郎も……」

「いかにも」

「け、けしからぬ」

「けしからぬは、兵馬と弥太郎にござる。兄である貴公と、師であるそれがしと、共に恥じねばならぬ。左様でござろうが……」

いいさしたが、すぐに口をつぐみ、何やらしきりにわめきたてる坂口宗三郎たちにはかまわず、牛堀九万之助は、しずかに、二人の遺体へ向い、経文をとなえはじめた。

ごろんぼ佐之助

一

そのころの伊予（愛媛県）松山あたりの言葉で〔ごろんぼ〕というのがある。

〔破落戸《ごろつき》〕とか、ならずものとか、悪漢とかいう意味だ。

原田佐之助は、十五歳にして〔ごろんぼ〕とよばれた。

後年、彼は、あの新選組隊士の一人として、

「おれも真剣をとったら、大方のやつには負けぬつもりだが……どうも、原田には斬《や》られるかも知れんな」

新選組局長の近藤勇が、たとえ冗談にせよ、こんな折紙をつけたほどの剣士となった。

少年のころ、佐之助は自分の将来に、そんな宿命が待ちうけているとは思いもしなかったろうが、

（おりゃ、本当のところ、御用人さまのごぼだったんじゃ）

信じてうたがわなかった。ごぼというのは〔坊ちゃん〕ということだ。

佐之助は、天保十一年五月に、松山藩の足軽・原田精五郎の長男としてうまれた。

父親は町奉行所附の足軽をつとめていて、城下の代官町にある東町奉行所内の足軽長屋に住んでいた。

佐之助の母は、同じ松山藩の足軽・玉井権介の娘で、たつという。

たつは、二年ほど殿さまの側用人をつとめる山田四郎兵衛俊徳の屋敷へ女中奉公にあがっていて、ひまをとると同時に、原田精五郎の後妻に入り、佐之助をうんだのである。

ときに、精五郎三十八歳。たつは二十歳であった。

精五郎は、病死をした前妻との間に、もんという娘をもうけていた。

もんは、佐之助が四歳のころに今治《いまばり》の町家へ嫁いで行ったものだから、佐之助も、この腹ちがいの姉については格別の印象をもってはいない。

そして母は、佐之助をうんだ四年後に丑太郎という男子をうんだ。

やがて、父の精五郎は奉行所附から先筒足軽の組へまわされ、その組頭となったので、家も、唐人町の足軽長屋へ移転をした。

佐之助の耳に、あのことが少しずつ入ってくるようになったのも、そのころからである。

あのこと、というのは、

「原田の長男坊は、御用人さまの落し子ぞな」

というのだ。

つまり、用人の山田四郎兵衛に手をつけられ、子をはらんだ女中のたつが、それを承知の上の原田精五郎の妻となって、佐之助をうみおとしたのだ、といううわさなのである。

この〔うわさ〕は、佐之助がうまれて以来、強くなったり弱くなったりしたが、佐之助の成長につれて、また強まりはじめた。

「見ろや。原田の佐之は山田様に瓜二つではないか」

「月たらずの子が、あんなに丈夫に育つ筈がないぞ」

足軽仲間のうわさにすぎないのだが、こういうことは、面と向って精五郎夫婦には言えなくとも、おせっかいなやつらが、道に遊んでいる少年の佐之助をつかまえては、

「お前も、うまく行けば御用人さまの御坊《ごぼ》になれたのにな」

とか、

「お前の本当の父御《ててご》は御用人さまじゃぞ。可哀想にのう」

とか、要らざることをふきこむ。

なるほど、佐之助は両親のどちらにも顔だちが似ていなかったことはたしかだ。

父の原田精五郎は醜男《ぶおとこ》でないにしても、顎の張った鼻のふとい、個性的ではあるが、およそ美男というには程遠かったし、母のたつも色白のぽってりとした男好きのする容貌ながら、とてもとても美女とはいえない。

嫁に行った姉にしても、弟の丑太郎にしても、この両親のどちらかのおもかげをやどしているのだが、佐之助だけは別であった。

色白なのは母親似だとしても、ふっくりと下ぶくれのした顔だちで、鼻すじも品よくととのい、くろぐろとした眸をもつ両眼は、ぱっちりとすずしい。

そこへもってきて、山田四郎兵衛が松山藩にその美男ぶりをうたわれた侍であり、そのころは三十前後。用人といっても殿様の松平少将勝成の側近くはべっていて、その権勢には家老たちも一目おこうというほどだ。

いえば、佐之助も山田四郎兵衛も典型的な美男であったといえよう。

典型的な美男というものは、かえって通俗的なものだから、相似点を見出すことはたやすいともいえる。

だが、子供ごころにも佐之助が変だと思ったのは、父の精五郎が自分に冷たい……弟の丑太郎がうまれてからは、ことに、それと感じられるのである。

原田精五郎は藩中足軽の中でも勤務におこたりなく、温厚な人柄だし、佐之助をひどい目にあわすというわけではない。

つとめを終えて長屋へ帰って来ても、ときたま一合の晩酌をたのしむだけで、めったに大声もあげないのだが、

(どうも、変じゃ)

十二、三歳のころになると、少年期の敏感さで、佐之助は首をかしげざるをえなかった。

先ず、弟と話すときに、父親の顔中が輝くような笑いにみちみちていることを、佐之助は知った。

自分と向い合うときの父親には微笑の一片すら浮んだことがない。

母親は母親で、妙に父親に気をつかいながら、それこそ佐之助をなめまわすように可愛がるのである。

(どうも、わしゃ、御用人さまの落し子らしいナ)

うわさも消えぬし、町を歩いていると、近くの足軽の女房どもが、佐之助を見ては、こそこそとささやきあい、くすくすと笑いあったり、そうかと思うと、いたましげな視線を投げてよこしたり……。

「わしゃ、ほんとに父さんの子なら？」

佐之助が、思いきって母に訊いた。

「何を言うぞな」

母親は、まっ青になり、むきになって、

「つまらんうわさを本当にするものじゃないぞな」

あたふたと、必死の体《てい》で叱りつけてきたその顔を、佐之助は成人してからも忘れなかった。

二

当時は封建の世であるから、子供たちも、それぞれの遊び仲間というものがきまっていて、足軽の子が上の身分の侍の子と遊ぶわけには行かない。

したがって遊び場所も、おのずときまっているわけなのだが、佐之助は平気で、一番町二番町あたりの上級藩士の屋敷がならぶあたりへ大手をふって出かけて行き、そのあたりの子息たちに喧嘩を売るようになった。

擲りつけられ、血だらけになって帰って来ることもあったが、佐之助は決して喧嘩をしたなどとは両親に言わない。

擲られれば擲り返すまで執念ぶかく、相手をつけまわすのである。

一度、寄合組頭・坂井伝十郎の子息で忠之助という少年を城の外濠の中へ投げこみ、大騒ぎになったことがある。

このときは、原田精五郎同道の上、町奉行所へ佐之助も呼びつけられ取調べをうけたものだ。

普通なら、これは大問題であり、原田家へも、きびしい罰が加えられる筈であったが、何となくうやむやになってしまった。

そこで、またうわさがひろまるのである。

「御用人さまの落し子だけあって、坂井さまも泣き寝入りぞな」

というわけだ。

佐之助は、もう、ふてくされて、あばれ放題となった。

父親がたまりかねて撲りつけると、

「何をするンじゃ。父親づらをして変なまねすると、只じゃおかンぞ」

「こいつは、こいつは……」

精五郎が、むしゃぶりつき、

「言わせておけば、おのれ、おのれ……」

尚も撲りつけたりしようものなら、

「本当なら、わしの頭に手をあげられぬ筈じゃ」

反対に喰ってかかり、父親を突き飛ばして寄せつけない。力のすごさは少年のものと思われなかった。

十六の夏になると、佐之助は家にある小金をひき出し、城下からも近い道後《どうご》の湯にある松ヶ枝町の遊廓に出かけるようになった。

この遊廓は、いまも旧態をしのばせて残っている。道後温泉街の入口に近く、むかしは遍路宿が軒をならべていたあたりを右に切れこんだ細い道の両側にびっしりとたち並んでいて、往時の繁盛をしのばせている。

さて、こうなると、佐之助を放っておくわけにも行かない。

どういう手つづきをとったものか、十七歳の少年にすぎぬ佐之助が、藩の中間《ちゅうげん》にとりたてられ、同時に、

「江戸詰めを命ず」

ということになった。

中間は、もとより武家の奉公人のうち、もっとも下級の者であるし、下士卒の足軽からくらべて、ぐっと差がつく。それでも渡り中間と違い藩直属の中間であれば、ときには役目にもつくし、奉公する藩によっては、それ相応の待遇もあたえられた。

「ふン。こんな小っぽけなところにいるより、わしゃ江戸へ行ったほうが、ええわい」

父親から先ずこのことを聞いたとき、佐之助は吐き捨てるように言った。

安政三年三月、十七歳の原田佐之助は、公用で江戸に向う家老・菅五郎左衛門一行に加わり、江戸へ向った。

松山藩の江戸屋敷はいくつもあったが、佐之助が入ったのは、三田一丁目の中屋敷である。

殿様が在府のときに居住する上屋敷は、すぐ近くの愛宕下にあった。

江戸屋敷で奉公するようになってからの佐之助について、松山が生んだ俳人・内藤鳴

雪翁が、大正七年三月発行の〔伊予史談〕に、次のような談話をのせている。

私（内藤翁）が、三田藩邸にいた九つか十のころとおもう。そのころ、私の親は藩の目付役をつとめておって、この目付が当番のときに公用の使い走りをするため〔小使〕と称するものが、一名ずつ、目付の家につとめているわけだ。この〔小使〕は中間のうち心もきき、読み書きもいくらか出来た者がつとめることになっていて……（中略）小使は手のあいたときには、目付の家来や家族たちと話をしたり、子供たちを遊ばしてくれたりする。この小使の中に、十五、六歳と思われる少年の中間がいて、これが原田であったのです。

原田は、なかなか怜悧な男で、かつ容貌万端、私の子供ごころにも美男子であったな、とおぼえている。その上に愛嬌もあり、気もきくし、なかなかよく働きもするしで、私宅の家族も目をかけて可愛がっていたものです。

私も、原田が父の当番の日に来てくれることをのぞみ「佐之助、佐之助――」といって、ことさらに面白く遊ばしてもらったものだ。中間でも、この〔小使〕役をつとめるときは二刀を腰におびることをゆるされ、公用の書面をもって諸方を往復したものです。

ある時のことだが、私の住いしている役宅（屋敷内の長屋）より少しく離れた〔お中間部屋〕で何か騒がしい物音がしたもので、私は外に遊んでいたのだが、さわぎが次第にやかましく、人々の口々に叫ぶ声もしたので、ふっと〔お中間部屋〕をのぞいてみたのです……。

松山藩の中間部屋は、大きくて広い二階建ての長屋が二つあって、一棟には藩直属の中間が居住しており、別の一棟には〔江戸抱え〕といって、いわゆる渡り中間が起居していた。同じ中間でも、この二組に区別があるのは当然であって、一方は、松山出身のものばかりだし、心がけによっては足軽にも若党にも身を立てることが出来ようというわけだ。そこへ行くと渡り中間は、江戸の口入屋から雇い入れたものばかりで、世馴れているかわりには、すれっからしも多く、飲む打つ買うの三拍子そろった手におえぬものがいくらもいた。

松山藩では、藩の中間には、紺筒袖の上着に、膝までの短かい袴のようなものをつけさせていたというが、渡り中間には赤く染めた法被《はっぴ》を着せ、ために渡り中間は〔赤蜻蛉〕とよばれた。

まだ子供だった内藤翁がのぞいてみたとき、佐之助は下帯一つの裸体にされて後ろ手に縛りつけられ土間にころがされ、血だらけになって倒れていたのだ。

これを取巻いて十数人の古手の中間たちが手に手に棍棒をもち、かわるがわる佐之助を撲りつけ、そのうちに桶にくみこんだ水をざぶざぶとあびせかける。気をうしなっていた佐之助が息をふきかえすと、またも棒をふるって撲る。また気絶をする。また水をかけるというわけで、戦前の日本海軍における〔制裁〕と称するものに、やり方がよく似ている。

とにかく、口にサルグツワをはめられている佐之助は、叫ぶことも泣くことも出来ない。

おどろいた内藤翁は家へ飛んで帰り、

「佐之助がひどい目にあっていますから助けてやって下さい」

と、母堂にたのまれたそうだ。

内藤家でも、かねがね可愛がっていた佐之助のことだから、藩の〔内用方〕の侍にたのみ、いろいろと聞いてみてもらったところ、

「あれは、中間部屋の掟にしたがって制裁を加えたもので、何、大したことではありませぬ。そもそも、佐之助めが若年に似合わず、目上のものに対し傲慢すぎるようでしてな。万事にさからう様があって、前々からみなに憎まれていたらしいのです。ことに、あのときは、昼間から酒に酔って御屋敷へ帰って来たというのでして、だいぶ挙動が荒々しく、中間部屋の目上の者がこれをたしなめたところ、かえって喰ってかかりましたそうな。その結果、ああいうことになったので、何、別に大したことではありませ

ぬ」

内用方のものは、そう言って内藤家に報告をしたが、

「あの佐之助が、そのようなことを……」

内藤家の女たちは、非常におどろいた。

佐之助が、内藤家のような、上級藩士の家に出入りするとき、別人のような愛嬌と気ばたらきを見せたのには、理由があった。

上司にみとめられ、何としても身を立てて一人前の侍になってやろうと思いつめていたからだ。

そしてまた、時代の様相は、佐之助の野望を可能ならしめるものをふくんでいたのである。

三

数年前の嘉永六年に、アメリカ艦隊が浦賀に入港し、通商と開港の実施を幕府にせまった。

このときから、二百六十余年もの間、日本の政権をにぎり、天下に号令しつづけてきた徳川幕府の土台がゆるぎ出した。

もはや〔鎖国〕の夢を見ているわけには行かない。

アメリカのみか、ロシアもイギリスも、この東洋の小さな、美しい島国へ食指をのばしてきつつあった。

しかもそれは、恐るべき科学文明と財力を背景にした、傲然たる武力による威嚇をともなっていたのだ。

日本の海へあらわれた外国軍船を一目見ただけで、もう幕府は肝をつぶしてしまった。

すでに、幕府政治も飽和の極点に達していたところだし、何をするにも泥縄式な政策で尻ぬぐいをするのが精一杯というところで、

「これ以上、幕府に政権をゆだねておくわけには行かぬ」

「天皇を中心とした政権をつくり、合わせて外国勢力を追い払わねばならぬ」

幕府のおとろえ方を見てとった水戸、薩摩、長州などの雄藩が、いっせいに起ち上り、幕府を糾弾しはじめる。

これら諸大名を押えつける力も、幕府には残っていない。

同時に、諸国にひろまりつつあった尊王思想が激しい運動に変って幕政の乱脈にせまった。

どこにもみちあふれていた浪人たちもこれに呼応し、或いは憂国の情に駆られ、又はこの機会に立身の糸口をつかもうとして、

「幕府を倒せ、外敵をしりぞけよ!!」

と、いわゆる〔尊王攘夷〕の叫びを諸方にあげはじめる。

徳川幕府が最後の権力をふるい、これらの革命派を弾圧したのが、あの安政の大獄であったが、そのため、時の大老、井伊直弼が水戸の浪士たちに暗殺されたのは、万延元年三月三日である。

そのころになると、原田佐之助は、すでに松山藩を脱藩してしまっている。

彼もまた時代の風雲に乗じ、一旗あげようという野心に燃えていたわけだが、それはさておき、松山藩にしても、今までのようなやり方では行きづまってくる財政の打開もできないし、幕府から命ぜられる課役をつとめることもむずかしい。

もともと松山藩・松平家十五万石は、譜代の大名であるし、原田佐之助が三田藩邸の中間部屋で半死半生のおもいをしたころ、松山藩は幕府の命によって、江戸湾警備の任務をあたえられたものだ。

異敵にそなえるための品川砲台も、松山藩がつくったのだし、そのために必要な資金のやりくりにも、藩は大いに頭をなやませた。

同時に、急激に増加した種々の役目をおこなう人材が、たちまち不足になった。

これは、当時の、どの藩でも同じことで、今までのように、禄高だの家柄だのと言ってはいられない。才能があるものなら、どんどん下から抜擢しなくては間に合うものではないのだ。

こういう気運になり、また事実、名もない軽輩から藩庁の重要な役目についた者も、かなりあったのだ。

「よし!! おれもやるぞ」

佐之助は、彼なりに努力もした。

学問の方にはまったく自信がないから、ひそかに稽古をしている剣術と、天性そなわった気転の応用で、すでにのべたように、

「あやつは役に立つ男じゃ」

上士の人々からは、みとめられつつあったらしい。

ところが、足軽とか中間のような身分の低いものに向い合うと、佐之助は、とたんに傲慢な態度を見せた。

(おれは、うまれが違う。本来なれば、御側御用人の家にうまれていたところなんだぞ)

と、まさか口に出しては言えぬが、そう信じきっているから、しぜんに言動があやしいものとなるわけであった。

「あれをせい、これをせい」

と、年輩の足軽などが用を言いつけても、

「ふン」

せせら笑って相手にもしない。そして同じ中間同士なら、いくら先輩であろうと年かさであろうと、

「わしに用事を言いつけるなンて、お前さん方、頭がどうかしてやしないか」

十七や八の若僧が肩をそびやかして、うそぶくのである。

中間たちから見れば、どうかしているのは佐之助だということになる。

「佐之の奴め、気がふれているのじゃねえか」

側用人の落し子だなどといううわさは、江戸では通用しない。松山は松山、江戸は江戸である。殿様は参覲で領国と江戸を行ったり来たりするが、家来たちの役目は二つに別れているのだ。

それでも佐之助は、

(今に見ていろ。おれは、皆々さまに可愛がられているし、御用人さまの息がかかっている。きっと出世できるンだ。それが証拠に、松山で、あれだけあばれまわったのに、何のおとがめもなかったじゃないか)

うそぶいていた。

中間部屋で制裁をうけたのも、佐之助のこうした言動がもとになって、中間たちの怒りが爆発したにすぎない。

間もなく、佐之助は、ふたたび松山へ送り返されることになった。

「ごろんぼの佐之助が帰って来たぞな」

「精五郎さんも、また気がもめることだろう」

「きっと、また何か仕出かすぞ」

唐人町の足軽長屋では、佐之助を迎えてやかましかったが、今度は、佐之助のほうで相手にもしない。

二年間の江戸暮しは、さすがに佐之助の美男ぶりを垢ぬけさせていた。

江戸の中間長屋にいたころ、女も酒も博奕打ちも、ひと通り卒業している佐之助だから、

「ふン、田舎ものめ」

胸を張り、ふところ手をして悠々と町を歩いて行く姿は、とても二十前の男に見えなかったという。

そして、佐之助は、自分ひとりの才覚でもって、馬廻役・長沼蔵人の屋敷へ足軽奉公に出たものである。

以来、佐之助は懸命にはたらき、一年後には若党にとりたてられ、主人の長沼が公用で江戸へおもむいたときには、その供をしている。

二年目に、佐之助は恋をした。

相手は、主人の次女であって、名を正子という。

十七歳の美女である。

だが、この美女は佐之助をきらった。

そのころの身分関係からいえば当然なのだが、佐之助は大いに怒り、

(本来ならば、そっちから縁組みをたのみに来るべき家に、おれはうまれていたのだぞ)

一度、強引に正子の寝所へ忍びこもうとしたことがある。

見つけられた、ばかりではなく長沼家を追い出された。

追い出されただけですんだのも、ふしぎである。

(やはり、おれには御用人様の息がかかっているンだ)

と、またも佐之助の信念は強固になるばかりであった。

ひまにまかせて、佐之助は鉄砲組・足軽の倉庫から大太鼓をもち出し、これを肩から革帯をもってつるし、上半身は裸体という格好で、しかも手ぬぐいで頬かぶりをし、城下町を、

「それっ」

気合をかけながら、ドンドコドンドコと太鼓を打ち鳴らして歩くのである。

原田精五郎夫婦も困りはてた。

しかも道行く藩士たちは眉をひそめ舌うちをして、佐之助の狂気じみたありさまをな

がめはしても、一片の注意すらあたえないのだ。

佐之助の〔ごろんぼぶり〕には、何か異常な気魄がみなぎっていて、

「あのような下郎を相手に喧嘩をしても、つまらぬわい」

と言いわけはするが、内心、佐之助の乱暴が怖いのだ。

そのころの侍なぞというものの大半は、もう事なかれ主義が身にしみついてしまっている。

しかし、たまりかねて、一人出て来た。

安政六年の夏もすぎようという或日のことだ。

太鼓を鳴らしつつ、鮒屋町の通りを歩いている佐之助の向うからやって来た中年の藩士が、

「下郎つまらぬまねをするな」

いきなり叱りつけてきた。

興奮で、その藩士の顔がまっ赤になっているのを、ちらりと見やって、佐之助が冷然と、

「私は、下郎ではない。侍だ」

と、やり返した。

「ふうむ……」

一呼吸あってから、その藩士が、押しころしたような声になり、

「侍なら、腹が切れるか、どうじゃ切れまい」

つまらぬことを言ったものだが、この言葉を聞いたとたんに佐之助の顔に、かあーっと血がのぼった。

「おどろくな!!」

佐之助は太鼓を放り出し、脇差を引きぬくと、

「おれア立派な侍だ、腹が切れンでどうする、どうする、どうする!!」

わめくや否や、ぬいた脇差を逆手に、ぷすりと、むき出しの腹へ突きたてたものだ。

ぴゅーっ……と血がはしった。

今度は、藩士が蒼白となり、がくがくふるえ出したかと思うと、物も言わずに逃げた。

四

「馬鹿なことをしたものさ。おれにはどうも狂気の血がまじっているらしいぜ」

原田佐之助は、道場の床に薄べりをしき、下帯ひとつで寝そべりながら、となりに、これも寝ころんでいる永倉新八に言った。

稽古をすでに終り、夕暮れ近い風が、窓からそよそよ吹きこんできはじめ、小さな庭で、しきりに茅蜩《ひぐらし》が鳴いている。

「だがなあ、永倉氏。その、おれの惚れた正子という女は、ふるいつきてえほど、いい女だったよ」

佐之助は、腹に残った傷口を撫でながら、そんなことをつぶやいた。

あれから、まる三年もたっていた。

腹切り事件があって、傷が癒ると佐之助は奉行所の取調べがやって来る前に、まだ痛む腹を押えて、松山城下からぬけ出し、江戸へやって来た。

一応は脱藩ということなのだから、罪は重いのだが、もう藩庁は〔ごろんぼ〕の佐之助なぞを追っかけているひまはない。それでなくとも人手が足りず、金がたりないのが幕末の大名である。

「あんた、剣術は何流で、どこでおぼえたんだ？」

これも松前藩・江戸屋敷から逃げ出して来た永倉新八が訊いたとき、佐之助は、

「原田流よ」

にやりとして、

「おれはね、永倉氏。もう十何人も斬っているよ」

「ふうむ……」

嘘ではないと、永倉は思った。

永倉は、神道無念流・岡田十松門下で免許をもらったほどの腕前である。

その永倉が佐之助と稽古をしてみて、そう思うのだから、この三年間に、佐之助の剣術というものが実際的な修錬をかなりつんできたことはたしかなのであろう。

いま、二人が居候をきめこんでいる道場は、牛込二十騎町にある近藤勇のものであった。

近藤は、武州多摩の農家にうまれ、天念理心流の近藤周助に見こまれて養子となり、道場をついだ男だけに、野性的な好漢である。

道場は小さいが近藤をしたって集った土方歳三、井上源三郎、沖田総司、山南敬助など、剣をもって世に出て、乱世に身を立てようという連中が、いつも、ごろごろしている。

みんな剣術が飯より好きな連中だし、毎日の稽古は火を噴くような激烈なものであった。

この道場へころがりこむまでの原田佐之助が何をしていたか、それは不明であるが、永倉新八と酒をくみかわしているときに、一度だけ、

「そりゃねえ、いろいろなことをやったさ。まあ、岡場所の用心棒なんていうのは、まだしもいい方だった。だいぶ、悪いこともしたよ」

首をすくめて見せたことがある。

佐之助の風貌もだいぶ変っていた。

体つきも、堅肥りながら、でっぷりとした感じになっていた。色白の肌も浅黒くなり、眼光もするどく、よく言えば美男ぶりがたくましくなったとも言えるし、悪く言えばおそろしくなったとも言える。

それでいて、笑うと右頬にふかい笑くぼが出て、人なつこい感じであった。

言葉つきも、松山なまりがほとんどなくなり、伝法な、ときには柄のよくないものに変ってしまっている。

佐之助、ときに二十三歳であった。

仲のよい永倉は一つ上の二十四だ。しかし、どちらかと言えば童顔の上に育ちがよく、おっとりとした性格の永倉新八よりも、佐之助は三つ四つ上に見られたものだ。

近藤勇の道場〔試衛館〕にあつまる連中が、幕府の浪士隊募集に応じ、近藤と共に京都へのぼったのは、文久三年二月である。

この浪士隊が〔新選組〕となり、京都守護職たる会津侯の庇護のもとに、勤王志士たちと血なまぐさい争闘をくり返したことを、ここに、くだくだしくのべるまでもあるまい。

京へ来てからも、佐之助と永倉新八は仲がよかった。

はじめ、浪士隊が二つに割れ、近藤派と、もう一人の隊長・芹沢鴨（水戸出身）一派があらそい、ついに芹沢が近藤派に暗殺されて、ここに新選組が誕生し、近藤勇の独裁となったわけだが……。

　この粛清事件に、永倉新八も巻きこまれそうになった。

　つまり、永倉は芹沢鴨から大いに可愛がられていたので、

「気の毒だが、永倉君にも死んでもらおう」

　副長の土方歳三が、しきりに言うのを、

「まあ、私におまかせなさい。きっと引きうける」

　原田佐之助が受け合い、永倉は難をのがれた。

　近藤も土方も、佐之助には一目おいていた。

　秘密な用件でも、近藤は佐之助に必ずうちあけたものだ。

　芹沢を暗殺したときも佐之助は加わっていたし、あの有名な池田屋斬込みの際に、三十人もの勤王志士たちが集まっているところへ、五名かそこらで斬込まねばならなくなったとき、

「まあ、原田君と永倉君がいれば心丈夫というものだ」

と、近藤勇は隊士の大半を土方にあたえ、別口の四国屋に集合する勤王志士を襲撃させたほどであった。

　四国屋には、集合がなく、すぐに土方は池田屋へ引返して来たが、それまでの四半刻（三十分）ほどの間、三十対六の斬合いのすさまじさは言語に絶するものがあった。

「あのときは、もう駄目かと思ったねえ」

後になって、佐之助は、ぼろぼろに刃こぼれのした愛刀をながめ、

「どうも、おりゃ、なかなかに死なねえ生れつきらしい」

ふっと言った。

「ふふん。腹を切っても死なぬ男だものな」

永倉がからかうと、

「その通りだ」

佐之助は笑いもせず、まじめくさってうなずいた。

池田屋における勤王志士たちの謀議というのは——強風の日をえらんで天皇おわす御所へ火をかけ、混乱に乗じて、幕府に味方をする大名や公卿たちを殺し、同時に、天皇を御所からおつれ申し、これを長州へうつしまいらせようという大変な計画であった。

それだけに、彼らを一網打尽にした新選組の功績は幕府からも大きくみとめられ、月々の給料もゆたかになった。いや、ゆたかすぎるほどになった。

ことに、副長助勤といって幹部級にある佐之助や永倉などは、月に十五両以上の手当が出た。

そのころの町人たちの暮しの一年分にあたる金が毎月もらえたのである。

そのかわり、いつ勤王方に斬られるか知れたものではない毎日なのだから、緊張の連

続でもあるし、この緊張をほぐすためには、どうしても酒と女よりほかにないというこ
とになる。
何しろ、口では〔勤王〕をとなえながら、御所に火をつけ、天皇をさらってしまおう
というのが勤王志士たちのやり方である。
「当然ではないか。天皇を幕府の手からお救い申すのだ」
と、彼らは言うのだが、革命のための理屈は、いくらでもつく。
だからこそ、革命が内蔵するエネルギイは激しくて強烈なものとなるのだ。
こういう相手と毎日のように斬り合いをするのが新選組の役目だ。
「勤王浪人どもをやっつけた後には、我々も、かならず公儀の御取立にあずかることが
できる」
という立身出世への希望もあったわけだが、それを忘れるほど夢中の毎日でもあった。
新選組の幹部たちは〔休息所〕と称して、妾宅をもうけ、非番のときは息ぬきをして
くるのだが、佐之助は酒にひたっても、女には、あまり興味がなかったようで、
「おい、いい男。島原では原田先生を連れて来てくれと、女どもが大変だぞ」
永倉が、よく冷やかしたが、
「ふうん……」
気のなさそうな返事ばかりで、壬生《みぶ》にある新選組屯所から目と鼻の先の島原遊廓へも、

あまり出かけようとはしない佐之助であった。

五

原田佐之助は、ひまさえあれば、屯所内にもうけられた道場へ出て来て、

「片っぱしから、かかって来い!!」

隊士たちを相手に、いくらでも稽古をやった。

その上、宝蔵院流の槍をよくつかう谷三十郎という隊士に、

「おれア、あんたに弟子入りをするぜ」

たゆむことなく、谷から槍術をならって、

「もう、立派なものですよ、原田さん」

半年もたたぬうちに、谷のほうが音をあげるほどの上達をしめした。

そのころの京の町は、勤王、佐幕入りみだれての暗殺流行で、

「新選組の近藤を斬れ」

と、長州藩がさしむけた刺客が、ひそかに、隊士募集に応じて入りこんできたこともあるし、

「一人歩きを禁ずる」

近藤局長の命令も出ていた。

ともかく、幕府を奉じ、ひたむきに勤王志士たちと闘うものは、会津藩と新選組だけだといってもよい。

こういうわけで佐之助は、新選組が演じた乱闘事件にかならず参加しているし、そのはたらきぶりも、図ぬけていた。

佐之助の剣術は、正規の修業を経てから実戦へ移ったのではない。江戸での無頼暮しの中で何人も斬ったのちに、近藤の道場へころがりこみ、それも実戦的な猛稽古によって鍛えられたものである。

「おれは、もう何といっても、出来るものは剣術一つきりしかねえのだよ、永倉君。だから、おれは、これ一筋にみがきをかけるつもりだ。ぶじに生き残り、世の中がおさまれば、おれも徳川の侍だ。人にア、負けねえつもりさ」

永倉新八も剣術は飯より好きだが、佐之助の飽くことなき貪欲さには何度も目をみはったものである。

ひまさえあれば、道場へ出て行く。

原田に用があるときは、先ず道場を見ろ、と言われた。

稽古相手がいないときは、一人きりで居合いをつかう。

これは、まことに見事なもので「真剣が原田の両腕にみえる」と、近藤勇がもらしたほどだ。

鞘走って空間を切り裂き、たちまちに鞘へ吸いこまれる閃光は、道場の床を右に左に飛ぶ佐之助の体軀の奔放自在なうごきと相俟《あいま》って、見るものに息をのませた。

「おれはねえ、どうも女はいかん」

と、佐之助が永倉に言ったことがある。

「どうして？　江戸にいたころは、よく遊んだじゃないか」

「あのころは、まだ、よかった」

「……？」

「このごろは、いけねえ」

「何が？」

「ふふン……」

くすりと苦笑をもらし、佐之助は声をひそめ、

「他人には言えないが……新八さんならいいだろう。おれア、このごろ、とんといけねえのだ。肝心の一物が、いざというときの役にたたねえのだよ」

「まさか――」

「本当だ」

佐之助は眼をむいて見せ、

「女遊びをしに出かけて、ものの役にたたねえなぞというのは……ばかばかしくて話に

もならん。だから、ついつい御不沙汰しているんだ」

「どうしてだ？」

「わからん。あわれや、その気が起らねえのだ」

「まさか——まだ二十六じゃないか」

「老ける年でもねえのだがね」

「は、は、は……貴公、どうかしているのだ。しっかりしろよ、おい——そうして、早く休息所をこしらえるんだな」

永倉は冗談にしてしまったようだが、これは事実であった。

佐之助の筋肉は、剣ひとすじに、こりかたまっている。

佐之助の神経という神経は、剣ひとすじに磨《と》ぎすまされている。

武術に対して、異常なほどの執着を見せる佐之助の肉体機能は、性欲にはたらきかけるそれとは別のところで活動をしていたものらしい。

むかし、塚原卜伝なんどという剣術の名人は、生涯、女色を絶って修行にはげんだという。

（卜伝という人は、絶ったのじゃアなくて、気が向かなかったのじゃアねえか……!!）

ふっと、佐之助は思ったことがある。

なるほど、現代でも、たくましいスポーツのチャンピオンかならずしも性欲が旺盛でないことは、よく知られているところのものだ。

ことに、佐之助は一剣をもって身を立てようと決意し、そのためには人一倍のはたらきもしたいという意欲が異常に激しい。

はたらきといっても算盤をはじいているのではない。

勤王志士たちを京の町から絶滅しようとする役目についている新選組の一員として、はたらくわけだ。

命がけである。

闘争に対して絶えず緊張している佐之助の交感神経は、生身の女のからだを抱こうという感覚に反撥していたのかも知れぬ。

ところが、佐之助の身に変事が起った。

慶応元年の夏の或夜のことである。

このころ、幕府は、長州藩征討の軍をおこそうとしていて、物情騒然たるものがあった。

新選組の威勢が、その頂点に達していたときである。

その日の夕暮れに、原田佐之助は、ぶらりと一人きりで、屯所を出た。

非番でもあったし、何かうまいもので酒が飲みたくなったので、佐之助は、永倉ともよく行ったことがある［いけ亀］という料理屋へ出かけて行った。

〔いけ亀〕は、四条と五条の橋の間にある松原橋の手前にあって、川魚料理が自慢の店である。

鮎で酒をのみ、飯をたべてから、佐之助は帰路についた。

高瀬川べりをぶらぶらと下り、五条通りを、しばらく行ってから北へまがった。

月もなく、どんよりとした蒸し暑い夜であった。

左手に因幡《いなば》薬師の土塀があって、佐之助は、この土塀に沿ってまがるつもりだ。

あたりには寺院が多く、宵の口なのに人通りも絶えている。

行手に四条通りの灯が、ちらちらと見えもするが、闇は濃かった。

(ふふン。今に見ていろ、松山のやつらめ、原田佐之助、立派な旗本にもなって見せてやるからな)

にやりにやりと、そんなことを思いながら土塀をまがったとたんに、

曲り角に待ちかまえていた白刃が佐之助の面上へ打ちおろされた。

「む!!」

六

ぱっ……と、佐之助は敵のふところへ飛びこんでいた。

敵の刃をかわすのではなく、反対に飛びついたのである。

女も抱きたくないまでに磨ぎすましてきた反射神経の見事な反応であったといえよう。

がつん、と、敵の振りおろした刀の鐔《つば》が、佐之助の左肩に当った。

痛みを感じる場合でもなかった。

するりと、佐之助は両手を敵の胴にまわしながら、うしろへ擦りぬけた。

「おのれ!!」

向き直って斬りこもうとする敵に、

「くそ!!」

必殺の一刀が佐之助の鞘から走り出た。

「ぎゃっ……」

棒を倒したように、ひどい音をたてて、敵が転倒した。

「狗《いぬ》め!!」

「覚悟!!」

敵は、まだいた。

細い道の三方から、敵は突風のように佐之助を目がけ、殺到して来た。

前にも、二度ばかり、佐之助は一人歩きをして刺客に襲われたことがある。

「自重してくれ給え、原田君。一人歩きはいかん。隊士たちのためにならんではないか」

副長の土方歳三が苦虫を噛みつぶしたような顔つきで、何度も叱った。

新選組を、勤王派は蛇蝎《だかつ》のように憎んでいる。

佐之助のような腕ききをうしなっては困るので、近藤勇も、

「大丈夫なのはわかるが、鉄砲をうちかけられるということもあるぞ」

と、佐之助をいましめたことがある。

この夜も、原田佐之助は四人のうち、三人までを斬倒したが、最後の一人が、ひどく手ごわい。

さんざんに斬りむすんだあげく、呼吸をととのえるために飛びはなれた幅二間ほどの間合いを、一気に双方から詰め合い、

「たあっ!!」

「ええい!!」

同時に、刃をふるい合った。

佐之助の一刀は、敵の横面から喉にかけて、ざっくりと割りつけたが、敵が送りこんで来た一刀も、佐之助の左肩を斬っていた。

(やられた!!)

そう感じつつ、飛びぬけておいて、振りむきざまに刀をかまえて敵を見ると、

「う、う、むウ……」

反り返った敵の手から刀が落ち、そのまま敵は、くたくたと崩れるように地に伏し、うごかなくなった。

ほっとした。自分の傷口をさぐってみると、さして深くはないので、そのまま手ぬぐいを当てて歩き出したが、ばかに出血がひどい。

このとき、原田佐之助が飛びこんで傷の手当をした町家が、東洞院《ひがしのとういん》五条上ルところの古着屋・山崎屋文蔵宅であった。

佐之助は、この山崎屋で医者を呼んでもらい、手当をうけると、血だらけのかたびらのかわりに山崎屋の古着を買って身にまとい、壬生の屯所へ帰って来た。

すぐに隊士たちが出動し、現場へ行ってみると、佐之助に斬倒された筈の四人の刺客の死体は、どこかに消えてしまっていたという。

「仲間のものが運び去ったのだ。原田君、だから……」と、土方歳三が言いかけると、

「言わぬこっちゃアないというわけですか。はい、はい、気をつけます」

佐之助も頭をかいて、永倉新八に、

「今度は、ちょいとおそろしかった。池田屋のときよりも怖かったよ」

ぺろりと舌を出して見せた。

それからは、佐之助もだいぶ気をつけるようになった。

翌々日、佐之助は屯所の下男に言いつけて、三条通小橋にある〔浅田香菓軒〕の蒸菓

子の箱を取りよせ、これを抱えて、山崎屋へ礼に出かけた。

部下の隊士五名が附きそっている。

「大げさだな。みんな、少し離れたところで待っていろ」

佐之助は苦笑しつつ、山崎屋ののれんを肩で割って、中へ入って行った。

「ま……」

ちょうど、店先にいた女が、あわてて奥へ入り、主人の文蔵を呼んで来た。

この女の名を、その日、はじめて佐之助は耳にしたものだ。

女の名は、まさといった。

松山城下で佐之助の恋をはねつけた長沼家の娘、正子と同じ名である。

まさは、仏光寺上ルところの薬種問屋椿生堂《ちんしょうどう》の娘で、未亡人であった。

二年前に嫁いで八日目に、新婚の夫が急死をしたのだという。

椿生堂と山崎屋は親類でもあり、そのころ、山崎屋の女房が病臥していたところから、まさが家事を見るため、山崎屋に来ていたのである。

そうした事情は、もっと後になってわかったことなのだが、以来、原田佐之助はひまが出来ると、山崎屋を訪問した。

市中見廻りの途中でも、

「茶をのませていただけまいか」

いつもの荒っぽい口のききようではなく、おっとりとすましこんで、山崎屋へ入って行ったものだ。

表に待っている隊士たちは、佐之助の気どりぶりを見て、くすくすと笑い合った。

「どうも、山崎屋の女に惚れこんだらしいですよ」

中村金吾という隊士が、永倉新八に告げた。

「美人なのか、その女……」

「京の女は、みんな、きれいですよ」

「ふうん……原田がねえ……」

まさは、二十一であった。

京女にしては、肌が少し浅黒かった。

その肌にみなぎる健康な血のいろも、飾り人形のような京の女には無いものである。

化粧もろくにしていないのだが、

（いや……何とも言えぬ、いい女だ）

佐之助は、いっぺんに参ってしまったらしい。

まさ、という名が、佐之助の心をひいたのかどうか、それは知らない。のちに佐之助は、まさ女に二人の子をうませている。

おそらく、佐之助は、まさのすべてが一目見たときから気に入ったものであろう。気に入ったとたんに、あの夜、あわてもせずに甲斐甲斐しく傷の手当をしてくれた彼女の印象を、あらためて強く思いおこしたに違いない。

（あのときは、おれも夢中だったが……）

じいっと見つめる佐之助を見て、まさも、また血がさわいだ。

何しろ、島原の遊女たちが、原田先生に抱いてもらえるなら身銭を切ってもいいとさわいだほどの美男である。

無理もないところか――。

間もなく、佐之助とまさはむすばれ、本願寺筋釜屋町に世帯をもった。

〔休息所〕ではない。ちゃんと夫婦になったのである。

夫婦誓いの盃は、〔いけ亀〕でおこなわれた。

近藤、土方以下、新選組の幹部が列席して、佐之助夫婦を祝ってくれた。

「ふうむ……ああ見えて、原田君という男は、思いもかけぬ生一本なところがあったのだな」

皮肉屋の土方歳三が、しきりに首をかしげては、傍の永倉新八にささやいた。

「あの人は、思いつめた一つの事だけしか出来ない人ですよ。二つも三つもいろいろなことを同時にはやれぬらしい。見ていてごらんなさい。これからはあまり道場へも出なくなりますよ」

「そりゃ困るな。原田が隊務をおろそかにしては……」

「は、はは……そう大げさに考えることもないでしょう」

翌慶応二年の秋に、早くも長男がうまれた。

この子に、佐之助は〔四郎兵衛〕と名をつけた。

これには、まさが反対をして、

「そないに、じじむさい名は厭どす」

しきりにせまるので、佐之助も、

「この名は、おれの本当の親父の名なんだが、いけねえかなあ」

しょげた顔つきになって「じゃア、やめよう」と言った。

七

薩摩藩と長州藩が手をむすぶに至り、徳川幕府の崩壊は、雪崩のような速度を見せ、明治元年一月、鳥羽伏見の戦に、幕軍は勤王軍に大敗を喫した。

つづいて、徳川征討大号令が発布され、錦の御旗を押したてた官軍は、一挙に江戸城へせまる、ということになる。

鳥羽伏見の戦には、むろん、新選組も幕軍の一部隊として参加をした。

出陣の前に、原田佐之助は釜屋町の自宅へ駈けつけ、

「ゆっくりもしていられねえが、子供をたのむ。腹の中の子も、な……」

まさの手をにぎりしめ、

「腹の中の子を大事にしてくれ」

何度も、くり返した。

まさは、二度目の子をみごもっていたのである。

「あなた、生きて帰れますのやろな？」

「あたり前だ。おれも、もう無茶はしないよ。お前もいるし、子供もいるんだからな」

と、佐之助は笑って、

「何、軍勢をくらべても、こっちの方が多いんだ。勤王の奴らに負ける筈がねえ」

勝とうと思えば勝てた戦であった。

しかし、天皇をいただき、錦の御旗をおしたててくる官軍を見ると、どうも幕軍は二の足をふみ、ことごとに機先を制せられてしまった。

何よりも時の将軍・徳川慶喜が、幕軍を放り出して、さっさと大坂から江戸へ逃げ帰ってしまったのでは、幕軍たるもの戦闘意欲をうしなうのが当然である。

この戦では、新選組も多数の死傷者を出した。

そして、敗走する幕軍と共に、新選組も、江戸へ逃げ帰るのである。

これから後の戊《ぼ》辰《しん》戦争のいきさつは、誰も知るところのものだ。

新選組も、ばらばらになり、近藤勇は、甲州での戦に敗北し、つづいて下総《しもうさ》・流山へ逃げ、ここで官軍に捕えられて、首をはねられた。

原田佐之助は、その前に、近藤たちと別れ、仲よしの永倉新八と共に同志をあつめ、一度は、奥州にたてこもった会津軍と合流して、最後まで官軍と戦うつもりであった。

ところが、佐之助は、どうしたことか、上野の山の彰義隊に飛びこみ、あの上野の戦争で銃弾を受け、これがもとになって死亡したということになっている。

死亡したときの年齢は、二十九歳と、官軍の記録にも残った。

かくて、徳川幕府も、そして新選組も、怒濤のような時代の変転の中に消えつくした。長州・薩摩の藩勢力を中心とした明治新政府が誕生し、日本は、いよいよ近代国家に生まれ変るための苦難の道へ、足を踏み出すわけである。

明治二十七、八年の日清戦争につづき、三十七、八年の日露戦争における日本の勝利は、後進国の日本を、にわかに世界の檜舞台へ押し出すことになった。

成長期の活力が、日本にみなぎっていた時代であった。

汽車も走る、電灯もつく、洋食も食べられるという文明開化が、ようやく板についた時代である。

明治三十九年十二月六日の夜のことだ。

愛媛県・松山市となった旧城下町の〔伊予・農業銀行〕につとめる大原丑太郎の自宅を訪れた老紳士があった。

大原丑太郎が、佐之助の弟であることを、読者は思い出して下すったろうと思う。

佐之助の両親は、いずれも前後して、明治維新直後に病死したため、丑太郎は、「原田の家は、兄が継ぐのじゃから――」という気になって、城下の質屋へ聟《むこ》養子に入った。そのときは佐之助死亡のことを知らなかったらしい。

ために、丑太郎は大原姓となったわけだ。

当時の丑太郎の家は、市中の南半里ほどのところ、温泉郡・石井村にあって、丑太郎は、ここから自転車に六十三歳の老軀を元気に乗せて、毎日、銀行へ通っていた。

「ごめん……」

冷たい冬の雨が降りしきる玄関口に馬車がとまり、降りて来た老紳士が、家の土間へ入って来たとき、丑太郎夫婦は夕飯の膳をかこんでいた。

「どなたで?」

丑太郎老人が声をかけると、

「わからんかのう」

老紳士が、にこにこと言う。うすい頭の毛も、あごにたくわえた立派なひげも、ほとんど白くなっているが、血色のよい、とても七十に近い老人とは思えぬつやつやした顔つきで、堂々たる体軀を背広とマントに包み、手には洋傘をさげていた。

「わからん筈じゃ。おぬしとは、もう五十年近くも会うてはいなかったのだからなあ」

丑太郎老は、はっとなった。

「あんた、佐之助兄さんぞな？」

「おう、おうおう」

うれしげに、老紳士はうなずき、

「お前も、じじむさくなったのう」

と、顔をしかめて見せた。

兄弟が、その夜、どんな語らいをしたか想像にまかせよう。

「兄さんは、死んだと聞いたが……」

丑太郎が言うと、

「何、死んだことにしたのよ。生き残っていることが官軍に知れて見なされ、佐之助の首が、いくつあっても足りぬ、足りぬ。何しろ、わしは、もう勤王志士を何人斬ったか、おぼえがないほどじゃもの」

「もう大丈夫。政府は旧幕府の士を、すべてゆるされましたものなあ」

「うむ……」

「ところで、兄さんは、いま何処におられますぞな？」

「当ててごらん」

「さあて……？」

「上野の戦争のどさくさまぎれに逃げたが、もう体を隠す場所もない。京都におる女房や子供に一目会ってからと思いはしたものの、京都へ戻るなぞということは、危険中の危険じゃった」

「フム、フム……」

「おりゃ、越後へ逃げたよ」

「ほう……？」

「越後から満州へ逃げた」

「げえッ――」

さすがの丑太郎も目をまるくした。

「そ、そ、そうでしたか……」

「いま、馬賊をやっとってな」

「バ、バゾクを？」

「満州の馬賊の頭目じゃよ、おれは――」

「ははあ……」

「日清、日露の戦争には、おれもこれで日本軍のために、ひどく骨を折って、ひそかに働いたものだ。まあ、罪ほろぼしというわけかなぁ。は、は、は……」

両親のことに佐之助は、ふれようともしない。

たまりかねて、丑太郎が口をきった。

「兄さんは、まだ、あの御用人様の落し子だと思うとられますかな？」

「あたり前ではないか」

「そりゃ違う」

「何!!」

「母が亡くなるとき、私に何も彼も話してくれましたぞな」

佐之助の顔色が変ってきた。

「そりゃ、どんな話だ？」

「母と御用人さまは兄妹じゃったそうな――」

「兄妹とな……」

「御用人さまの父御の大弐《だいに》さまが小間使いに生ませた子が、御用人さまとわれらの母ですがな。そのうち、男の子がないため、兄の方は山田家の後をつぎ、立派な御用人となり、われらが祖母《ばあ》さまは、母を腹にみごもったまま、玉井権介どの、すなわち祖父さまの嫁御となったわけぞな」

「ふうむ……」

佐之助は、がくりと肩を落し、茫然と空間を見つめたまま、ひくひくと唇のあたりをうごかし、しきりに白いひげをしごいた。

丑太郎は微笑して、

「ごろんぼの佐之助には御用人さまも手をやかれたらしいが、何せ実の妹の子供、御自分には甥にあたる兄さんゆえ、いろいろとまあ、かげになって庇立《かばいだ》てをして下されたそうな……」

「むウ……」

「それがのう、兄さん。明治の世となり、この松山も新政府のもとになったので、母も安心し、やっと私にも打ちあけてくれたというわけぞな」

しばらくは、低くうなりつづけていた佐之助が、ややあって、

「それにしても……それにしても、あの両親の子供にしちゃ、おりゃ少し美男すぎる。これは少々妙じゃないかね」

と言った。

丑太郎は、ぷっとふき出したが、

「そういうことも、世の中にはありましょうよ」

「そうかのう……」

「けれども、兄さん……」

「もし……」

と、佐之助は言った。

「もし、御用人さまの落し子でなければ、母が別の男と……」

「何を申されます」

「いや、おりゃ、あんな親父の子じゃない。おりゃ、もっと美男だよ。あんな両親の子であるわけがない。おふくろは、おやじと一緒になる前、ともかく別の男と……」

「しかし……」

「おやじは、おれに冷たかった。お前だけは猫可愛がりにしたものだが……」

そう言われて丑太郎も考えこんでしまった。

「ま……まあ、いい。いいさ」

佐之助は、いきなり快活な調子をとりもどして、

「おりゃ死ぬ前に一度、祖国の姿を見ておきたいと思い、やっと、ひまを見つけてやって来たのじゃ。そんなことよりも、もっと互いに話すこともあろうじゃないか、丑太郎」

「はあ」

「さ、一杯、ごちそうしてくれんかい」

「はい、はい」

丑太郎の細君が、酒肴の仕度にかかった。

二人の娘は、それぞれ、市中の商家へ嫁いでいるし、丑太郎夫婦には孫が六人もいた。

「それよりも、兄さん。京都の……」

「女房と子かい？」

「はあ」

「たずねて見たが、むろん駄目じゃった。どこへ行ったものか……京都も、江戸も変ったのう」

「会うてみたいでしょうなあ」

「いや、それも考えものよ。女房も……まさも、子供をつれてどこかへ再縁ということになっとるかも知れん。そこへ、このじじむさい馬賊の親分があらわれ出て見ねえ。とんだことになろうよ」

兄弟は夜を徹して歓談した。

丑太郎が、ふと思いついて、そのころ松山の人々の口からも、

「坂本龍馬を暗殺したのは、ごろんぼの佐之助じゃそうな——」

と、うわさされていることにつき、

「本当だったので？」と訊くと、

「違うよ」

「しかし、兄さんの刀の鞘が現場に落ちていたそうで……」

「馬鹿な」

佐之助は大笑して、

「この佐之助が差料《さしりよう》の鞘を落してくるものか。ふざけちゃアいけねえよ」

坂本龍馬は、勤王志士中の大立者である。

それだけに、彼を暗殺した数人の下手人について、論議は昭和の時代に入るまで、やかましく、くり返されたものだ。

「だが、兄さん。近藤勇は板橋で官軍の取調べをうけたとき、やはり兄さんが下手人だと白状したそうな――」

「白状じゃない。きっと近藤さんは、もうめんどうくさくなったから、いいようにしておけと思われたのじゃよ」

「なるほどなあ……うわさというもんは、いろいろ違うものですなあ」

「うむ……おれも誰の落し子やら……」

と、まだ佐之助は〔落し子〕説を変えようとはせず、

「これで、おれも少し狂気の気味があってな。一つのことを思いつめると、もう我慢がならない。思ったことは良い悪いの判断がつかずに、かならずやってしまう。満州へ逃

げようかな……と思いついたとたんに、おれはもう、すぐに越後の港から密航するがよいと決意がきまったものじゃ」

「ははあ」

「そうなったら他人のことなぞ、爪の垢ほども考えぬのじゃ」

「なるほど……」

「これが、ごろんぼというものかなあ」

翌朝も雨であった。

ゆっくり朝飯をすましてから、

「今日は銀行を休みます」

と、丑太郎が言うと、

「そりゃいかん。おれも帰るよ」

「しかし、せっかく……道後の温泉にでもお供しますぞな」

「いいんだ、いいんだ。おりゃもう、これで満足。たった一人の肉親のお前と生きて会えて、ほんとによかったなあ。よかった、よかった」

大きな祝儀袋に金二千円也（現在の百万円ほどか）を入れたものを、

「お前の孫どもに何か買ってやってくれ」

と、丑太郎夫婦に渡し、原田佐之助は「送らんでもよいぞ」と、飄然と雨の中へ出て行った。

柄の長い洋傘をさし、黒皮の鞄をさげ、松山の駅に向う佐之助を、市中の人々の何人かは見かけたが、わかろう筈もなかった。

その後の原田佐之助は、行方不明である。このときの佐之助訪問を、後に、大原丑太郎は、まさ女の遠縁にあたる渡部某と会ったとき、渡部へ語って聞かせたという。

ごめんよ

一

そのことがあったのは……。

青山熊之助が十二歳になった嘉永二年（西暦一八四九）の初秋のことである。

熊之助の家は、下谷・車坂にあった。下谷町代地の町家を北へぬけると、そこはもう入谷田圃で、わら屋根の百姓家や寺院、武家の下屋敷なぞが点在する田園風景となる。子供たちにとって、こうした環境がどのような役割をするものか、いうまでもなかろう。

その日。

熊之助は、八歳になる弟の源次郎をつれて入谷田圃へ蜻蛉《とんぼ》とりに出かけた。

さむらいの子、といっても、青山家は七十俵どりの小普請《こぶしん》で、徳川将軍の家来のうちでもほんのはしくれだし、御役にもついていない。当主の彦十郎が酒にも女にも目がないという暮しをしていながら、下女と下男を抱えてゆけるのも、妻女みねの実家からの援助があったからだ。

青山家のまわりには町家が多いし、熊之助兄弟も幼いころから町の子たちとこみになって遊んでいたものだ。

で、兄弟が蜻蛉つりの帰途、その小さな事件がおこった。

まがりくねった田圃道の彼方に松平出雲守下屋敷の塀がのぞまれるあたりへ青山兄弟がさしかかると、道ばたで放尿していた男が、二人を見てつまらぬ興に乗り、

「ほれ……ほら、ほら、ほらよ」

いきなり躰の向きを変え、おのが躰からほとばしる汚いものを、二人にかけてよこした。

「ぶれいな、何をする!!」

熊之助が叫ぶと、

「何を、なんだと!!」

男は、かなり酔っていたし、蓬髪《ほうはつ》の、獰猛《どうもう》な顔つきで、腰に長脇差を帯びていたのは、博徒か無宿者か……。

とにかく、

「こ、こいつら。文句があるのか。え、あるなら叩っ斬ってやろうじゃねえか。こらやい、こらこら、斬られたいか、え、斬られたいか」

びゅっと、脇差を引きぬいたものだ。

夕闇が淡くただよっていて、人ひとり通っていない。

右のまなじりから頬、あごへかけて深い傷痕があるその若い無頼者が脇差をふりかざして近寄って来たとき、ものもいわずに逃げた。

逃げたのは兄の熊之助で、弟の源次郎はそやつにえりがみをつかまれ、顔いちめんに唾を吐きつけられつつ、小突きまわされている。

熊之助は、かなり離れたところの庚申堂の蔭から、幼い弟がいたずらされるさまを胸がしめつけられるようなおもいで見つめていた。

「兄《あに》さま。兄さまあ……」

源次郎は必死で救いをもとめているが、十二歳の兄さまは庚申堂の羽目板へすがりついたまま、ふるえつづけているのであった。

源次郎があきらめたらしく、無頼者に頭を下げ、何か、わびをいいはじめた。

その弟の頭をぐいぐいと突きまわしたあげく、

「この餓鬼め」

脇差の頭《かしら》で、源次郎のあたまを打った。

源次郎が、声もあげず、地面へのめりこむように倒れた。

無頼者は、ののしり声をあげつつ、脇差をふりまわしながら、傍の雑木林の中へ消えて行った。

しばらくして、源次郎が起きあがり、気丈に血がふき出す頭を押えて歩き出すのを見ていながら、

「あ、ああ……もう……」

熊之助は屈みこんだまま、恥ずかしくて恥ずかしくて、どうにも弟の傍へ飛んで行ってやれなかった。弟の姿が松平屋敷に沿って右へ見えなくなってから、熊之助は駈け出した。

ふらふらと、源次郎が歩むうしろへ、やっと近寄るや、

「兄さま、ひどい」

弟が屹とふりむいていった。

「ひどい」というよりも「卑怯だ」と、いいたかったのであろう。

ゆるしてくれ……ともいわず、うつむいたまま、熊之助は弟に背を向けた。源次郎が拗《す》ねるまでもなく素直に兄の背へ乗った。

家へもどるまで、二人とも無言であった。

帰ると、大さわぎになった。めずらしく在宅していた父の彦十郎も、

「こ、これは深手だ。いったい、どうしたのだ」

顔色が変ったほどである。

源次郎は、いささかのためらいもなく、蜻蛉を追いながら転倒し、石にあたまをぶつ

けたのだと、簡単明瞭にこたえた。

熊之助は、うなだれたままだ。間髪を入れず、

「兄のお前がついていて、このざまは何たることだ!!」

父の怒声が飛んできたので、これを受けるかたちとなったから、だれも熊之助の挙動をあやしむものはない。

その夜、源次郎はひどい熱を出した。

母のみねの実家は、これも下谷の御成《おなり》街道にある堀越屋・利右衛門という薬種問屋で、このほうからも医薬の手がのべられ、さいわいに五日もすると元気になった。

熊之助は、ついに弟へ、あのことをあやまらなかった。

源次郎は、もちまえのこだわらぬ性格ゆえか、間もなく何も彼も忘れてしまい、以前のごとく、

「兄さま、兄さま……」

と、熊之助を慕って遊びにも出るようになったが、

「熊めが、急に大人びたようだな」

父が母にいった。

熊之助は小柄であるが、下ぶくれの、つぶらな眼つきをした顔だちで、父の彦十郎が酒に酔っては「あぐらの熊や」と、たわむれて呼ぶほどに、大きな鼻があぐらをかいて

いて、それが彼の顔貌に一種、愛嬌をそえていたという。

ひどいのは母の実家〔堀越屋〕の奉公人どもで、熊之助が遊びに来ると、

「へへっ、車坂のでこ熊ちゃんが来ましたよ」

なぞと、かげ口をきいたものだ。

熊之助のひたいが、すこぶる張り出していたからであろう。

翌、嘉永三年の正月になって、

「父上に、おねがいがございます」

と、熊之助があらたまった口調でいう。

「なんだ？」

「剣術をまなびたいので……」

「なんだと、お前が剣術を……」

父上のほうが、びっくりしたというのだ。

将軍に御目見得もかなわぬ御家人ながら、それでも徳川のさむらいはさむらいである。

さむらいの子が剣術をやろうというのにおどろく父親もないものだが、

「どうも大刀《ながいの》は重くていけませんよ」

なぞといい、短刀をひとつ前へ差しただけの着流し姿で酒を飲みに出て行く青山彦十郎なのだから、無理もないところか……。

「いざとなれば槍をかついで敵勢の中へ真先に突きこもうという者が、そうした具合のものだったのだから、徳川のさむらい、もうすでに値うちはなかったのですね。私の親父のようなのが、そっちにもこっちにも、ごろごろしていたものです」

後に、青山熊之助はこうのべている。

「む……そりゃ、ま、おれの後つぎになるお前だから、剣術をやろうというのは結構だが……お前、怪我なぞをしてはいけないよ」

と、父上がいう。

熊之助は、何か哀しげな微笑をもって、これにこたえた。

「で……どこへ弟子入りをする？」

「長円寺うらの山崎先生のところへ」

「山崎……」

青山彦十郎は、ぽかんと口をあけ、

「あの、爪楊子をけずっている爺《じじい》のところへ行ってお前、いったい何をしようというのだ」

あきれかえった。

二

下谷・車坂から東へ……浅草へ通ずる往還をしばらく行くと、左手に〔三十三間堂跡〕とよばれる一劃《いっかく》がある。

呼名のごとく、三代将軍・家光のころに三十三間堂があったのだが、元禄十一年の大火に焼失し、このあとへ下谷辺の寺院が替地として寄り集まったので、あたり一帯、寺院と門前町ばかりといってよい。現、台東区・松が谷一帯がそれで、いまも尚、寺院が多く当時のおもかげを微かにしのぶことができる。

長円寺は、この寺町の表通りを北へ切れこんだところにある小さな寺院だが、北面の百姓地と小道をへだてたところに寺領の空地がある。

この空地が寺の菜園になってい、これを管理し、手入れをする番人の小屋が中に在った。

四ツ目垣が、小屋を囲んでいる。

小屋の主人は五十がらみの痩せこけた男で、名を山崎平《たいら》という。

彼が、長円寺の菜園番になってからどれくらいになるのか……ともかく、青山熊之助が物心つくようになったときには、ここに住んでいたようである。

髷は結わず、えり足のあたりまでたらした髪には、いつもきれいに櫛が通っていた。

よく見ると、なかなかの好男子で、色のあさぐろい、きりりとした顔貌だから、あたりの寺の門前の茶店にいる女たちが入れかわり立ちかわり、茶だの団子だのをもってあそびに来る。

女たちは、山崎平のことを「先生」とよぶ。いつの間にか彼が剣客だという評判が、どこからともなく立ちのぼっていたからであろう。

「あのお人は、何でも空鈍《くうどん》流の剣術をおやりなさるそうだよ」

と、いったのは、熊之助には外祖父にあたる堀越屋利右衛門である。

というのは、長円寺が堀越屋の菩提所であったからで、寺の和尚も山崎の履歴については、

「くわしゅうは知らぬなれど、京のな、知恩院からたのまれたお人で、ああ見えてもな、剣術のほうでは大変な腕前らしゅうござる」

堀越屋に、そういったそうだ。

しかし、これを本当にするものはいない。

突けば飛ぶような痩身だし、茶店の女たちには大もてでいるのを、菜園の小屋を垣根ごしに見たやつどもが、

「へっ、苧殻《おがら》が団子を食っていやがる」

などと、にくまれ口をきく。

山崎平は、女たちが来ても別に口をきくようなことはなく、只にこにこと相手の〔こぼしばなし〕に相槌をうちながら、何と内職の爪楊子をけずっている。しかも、この爪楊子は浅草の〔八百善〕や向嶋の〔小倉庵〕、深川の〔平清〕など江戸でも超一流の料亭から、

「爪楊子は山崎先生のものでなくては……」

というので注文が絶えず、長円寺の和尚も、

「あのお人は、爪楊子をこしらえるだけでもそりゃ立派に暮してゆけるのでな」

と、洩らしたことがある。

あとは菜園のめんどうを見て倦むことを知らず、

「そりゃもう、おいしい茄子やら胡瓜を食べさせてもらえますのでな」

夏野菜の好きな和尚が、よだれをたらしながら堀越屋へ語ったそうだ。

だから、この先生が剣術の稽古をするところなぞ、見たものは一人もいないし、第一、門弟ひとりいるわけではない。

「堀越屋はそういうが、おれは信ぜぬよ。ありゃあ、ま、や、か、し、ものだ。あたまが少し狂っているのだろう」

と、熊之助の父は問題にしていなかった。

せがれの弟子入りを、だから父は一言のもとにはねつけ、

「どうせやるのなら、お玉ヶ池の千葉、九段の斎藤、本所亀沢町の男谷……江戸一流の道場《ところ》へ入ったらどうだ」

と、いう。

熊之助はきかなかった。これまでは愛嬌者だとか剽軽者で通っていて、父がおもしろがって酒をのませると、七歳のころからこれを受けて一合ほどものみ、ふらふらと立ちあがるや、大道芸人が踊って見せる〔こんちき踊り〕なるものを、口上入りで、

「アリャ、アリャ……」

と踊り出したほどで、そのかわり、弟の源次郎の芯《しん》のつよい性質とちがい、父母に叱られればすぐに泪《なみだ》ぐむか、にっこりとうなずいて「もういたしません」と軽々しく受け合い、すぐに忘れてまたいたずらをやるという……。

「熊めを叱っていると、こちらがばかばかしくなってくる」

父の彦十郎が苦笑したこともある。

それが、今度ばかりは、かの山崎平のもとへ弟子入りをするといってきかない。

「そもそも、一人の弟子もないというのに、行ってどうするのだ？　道場もなく竹刀の一本もそなえつけてあるではなし……」

「父上が、おゆるし下されば、よろしいのです。私一人にて、たのんでみます」

「だからお前……よし、よろしい。勝手にしなさい。なに、もともと、この世の中に剣

術なぞというものは、あって無きがごときものだ。お前が爪楊子の先生のもとへ行きたいのなら、行け行け」

「ありがとうございます」

熊之助が、どうして爪楊子の先生を、ここまでに見こんだのか。理由がある。

それは、去年の晩春のころであったが……。

この日。熊之助は、父の使いで遠縁にあたる笹井伝右衛門宅へ出かけた。笹井も百俵どりの御家人で、家は本所・緑町一丁目にある。老下男の松造が行ってもよいのだが、大川(隅田川)をわたり川向うの本所まで、あたりの景色を見ながら行くのは少年の熊之助にとって実にたのしいことだし、

「父上。私が行きます」

と、使いを買って出たものだ。

帰りには、浅草の観音へ参詣したり、広小路の盛り場をうろつきまわって、また観音へもどり、ひろい境内を北へぬけ、立花左近将監《さこんのしょうげん》・下屋敷の南側へ出ると、前方は熊之助の遊び場である入谷田圃のひろがりとなる。

立花屋敷は、幅ぜまながら堀にかこまれてい、ここに木の橋がかかっている。これを渡ろうとして、熊之助は、すさまじい犬の鳴声をきいた。

「あっ……」

熊之助は身をすくめた。

堀の向うの畑道に大きな椎《しい》の木があり、この根元に近辺の百姓家のむすめらしいのが、うずくまっている。これへ、七匹ほどの野犬が歯をむき出し、恐ろしくほえたてながら、いまにも飛びつこうとしているのだ。

と……。

影のように、立花屋敷の西側からあらわれた人影が、すっと犬の群の中を、まるで何事もないように通りぬけると、いまにも失神せんばかりに崩折れている百姓むすめをかばうようにして屈みこみ、犬のほうを向いて、にっこりと笑ったものである。

この人が山崎平であった。

野犬どもの咆哮が、ひときわ高くなったかと思うと、ぴたりと熄《や》んだ。

すると、山崎が屈みこんだまま、するすると犬どもへ近づき、交互に両手の拳をふわふわと突き出した。

犬どもの悲鳴があがった。

あの敏捷な獣が、山崎の前に立ちすくんで身うごきもならず、ばたばたと、七匹のうち五匹が血を吐いて山崎の拳に撃ち殪《たお》されるのを、熊之助は息をころして見まもっていた。

残る二匹が哀しげなうなり声をたてて、よろよろと逃げて行くのを見て、山崎は、失神してしまったむすめを介抱し、これを抱きあげて畑道の夕闇へ、しずかに溶けこんでしまったのである。

世間が何といおうが、父が何といおうが、このときの光景はしかと熊之助の胸にたたみこまれていたのだ。

(塚原卜伝、宮本武蔵とは、ああいうお人ではなかったのか……)

三

熊之助は、ひとりで出かけて行き、どのような掛け合いをしたものか、山崎平の門弟となってしまった。

「あきれ返るばかりで物もいえぬ」

と、父はいったが、母もこうなればだまっていられず、

「ともあれ、こうなれば御挨拶にも出なければなりますまいし、束脩《そくしゅう》のことも……」

いい出すと、熊之助が、

「そのようなことをされてはならぬそうです」

「だってお前……」

母のみねは、町家の生まれながら、六千石の大身旗本・森川織部の屋敷へ侍女奉公にあがっていたこともあるし、小普請組支配をつとめる森川の口ききにより、かなりの持

参金つきで青山家へ嫁入って来ただけに、父の彦十郎も一寸あたまが上りかねるというところだ。

「いけませぬ。そのように面倒なことをしては、私、破門になってしまいます」

「けれどお前……本当に、あの長円寺うらの小屋で剣術のおけいこが出来ますのか？」

「出来ると申されました」

「山崎先生が？」

「はい」

「みね。いいから放っておきなさい」

傍から彦十郎がおもしろがって、

「熊めは、その大先生の楊子けずりの手つだいでもするのだろうよ」

と冗談にいったが、まさにそれだ。

或る日、みねが心配になって長円寺うらへ出かけて行くと、いくらか春めいてきた陽ざしをあび、菜園に面した縁側に師弟がすわりこんで爪楊子をけずっているではないか。

（まあ……）

斜向いの旗本屋敷と田地の境の木立の蔭から、みねは、しばらくの間、茫然と二人の様子をながめていた。

山崎先生、黒もめんの短袴をつけ、筒袖の着物。熊之助は家を出て行くときの小倉の袴をつけたままで、分厚い桜板の仕事机を中にはさみ、余念なく爪楊子をけずっているのだ。

時折、山崎がふっと顔をあげ、何かいうと、熊之助は手をとめて両眼を閉じ、しきりに深呼吸のようなものをやりはじめる。また山崎が何かささやく。そのうち、いつの間にか熊之助の手がうごき、楊子をけずりはじめる。

「まあ、おどろくではございませんか旦那さま。熊之助が爪楊子を……」

帰って、みねが報告すると、

「仕方のねえ畜生めらだ」

青山彦十郎は口汚くののしり、

「いいから、しばらく遊ばせておけ」

と、いった。

この遊びは、飽くことなくつづいた。

年が暮れようとするころになると、「今日は泊稽古ですから、先生のところへ泊ります」といい、熊之助が家をあけるようになった。

「何も泊りこみで、爪楊子の稼ぎを助《す》けなくてもいいではないか」

嘉永四年が明けると、青山彦十郎が熊之助を叱りつけた。

「もうよせ。爪楊子をけずるのはよしなさい」

「なぜでございます」

「これ、お前は剣術の……」

「しております」

「なに……」

「山崎先生は、その辺の剣術道場のように、人前で、これ見よがしの稽古はなさいません」

ぴっしゃりと息子にいわれ、彦十郎は瞠目した。入門以来一年。十四歳になった熊之助であるが、ぴたりと、こちらの眼を見すえて正坐したまま微かな笑いを口辺にうかべているのを見返しているうちに、何となく、こう彦十郎の背すじが冷やりとしたものだ。怒鳴りつけようと思うのだが、声が妙に出てこない。そのうちに、すいと熊之助は部屋を出て行ってしまった。

この後、新寺町の通りで彦十郎が山崎平に出会ったことがある。

向うは彦十郎の顔を知らぬが、こちらは土地の名物男だけに何度も山崎を見ている。

(いいかげんに、せがれを返してもらいたい)

ぐらいなことをいうつもりで、彦十郎がつかつかと近寄って行くと、山崎が、その気配を知ってひょいと振り向き、

「何用かな？　どこの仁《じん》じゃ？」

と訊いた。

やさしい、おだやかな声音だったのだが、彦十郎は胃の腑の中へ何かの塊《かたまり》でもぐいと押しこまれたような気がして、

「いや別に……別に、その……」

妙にしどろもどろとなり、足がもつれる感じでふらふらと身を返し、どこをどう通って来たものかそれもわからず、「ふしぎだ。どうもふしぎだ」とつぶやきつつ、帰宅したそうな。

翌日の夕暮れに、熊之助が帰宅し、

「父上。昨日、山崎先生にお目にかかったそうですね」

「し、知っていたのか……」

「どうも、お前の父御《てて ご》らしかったと申されてでございました」

母がそばから、「それでしたら、ひとこと、お礼ぐらい申しあげておいて下されば……」と、いいかけるや、熊之助が、

「お礼なぞ、いりません」

まるで山崎にかわってこたえるような態度でいうのだ。

彦十郎は、友人の井上吉郎《きつろう》というのをたずねて問うた。

「いったい、空鈍流《くうどん》という剣法は、どんなものなのだ」

井上吉郎は同じ七十俵ながら小十人組へ入り、五人扶持をもらって御役についている。お玉ヶ池の北辰一刀流・千葉道場へ古くから通っていて相当の腕前らしい。

井上によれば……。

神陰流の祖で剣聖とうたわれた上泉伊勢守の正統をつたえる無住心剣流をとなえた針《はり》ヶ谷《や》夕雲《せきうん》。この夕雲の名は彦十郎も耳にはさんだことがある。

夕雲の高弟で片桐空鈍（小田切一雲）という名人があり、このながれをつたえたものが〔空鈍流〕であろう——と、いうことであった。

「とは思うが、私もきいたことがないし、見たこともない。一度、その山崎何とやら申す男に会ってみたいな」

いいはしたが、井上吉郎も江戸一流の道場でまなんだだけに口先だけで気のりをしていないらしく、山崎平を訪問した様子はない。

そのうちに、世の中が騒然となってきはじめた。青山熊之助が十六歳になった嘉永六年の夏。

ペリイ提督のひきいるアメリカ艦隊が相州（神奈川県）浦賀へ入港し、強圧的に幕府へ開港・交易をせまった。

二百年も前に鎖国令を発し、中国とオランダの二国のみへ局部的に交易許可をあたえていた日本が、ロシア、フランス、イギリスなど外国列強の圧力をうけはじめたのは、熊之助が生まれる前からのことであったけれども、恐るべき大砲と鉄によろわれた外国軍艦が威風堂々と日本の、しかも将軍おわすところの江戸から目と鼻の先へ入港したことによって、ここに日本の、いや徳川幕府の鎖国の夢は一度に破砕されることになる。

外国の侵入を拒み、

「夷狄《いてき》を追い払え!!」

の尊王論が、政治的にも経済的にも衰弱しきった徳川政権の反対勢力となって、京都を中心に結集する。

幕府は井伊直弼（彦根藩主）を大老に任じて最高権力をあたえ、これらの反対勢力をきびしく弾圧すると共に、到底、敵すべくもないアメリカはじめ外国列強と通商条約をむすぶ。

さらに、国内にも騒乱絶えず。

もともと井伊の大老就任は、政敵・水戸斉昭《なりあき》（水戸藩主）をしりぞけて、将軍継嗣を中心とする幕閣の政争に打ちかったものだけに、

「井伊をほうむれ!!」

の叫びは、水戸藩を中心に、ひそかに、しかも激烈な歩みを蔵して進行しはじめる。

実力のある大名たちは、もはや幕府や将軍のいうことなぞをきかなくなり、自藩の軍備に狂奔しはじめる。

「どうもこりゃあ、落ちつかぬ世の中になってきたものだ」

青山彦十郎も、妻女の眼をぬすんで根岸の百姓家の離れへ囲ってある若い妾のところで、日中からうじゃうじゃじゃけているわけにもゆかなくなってきた。

なぜといって、彦十郎へ御役がついたのである。

それまでは七組にすぎなかった小十人組が、非常時だというので十五組に増えることになり、青山夫婦の仲人をしてくれた関係もあって、支配頭の森川織部が、

「ありがたくお受けせよ。わしも骨を折ったぞ」

と、彦十郎にいった。

役なしと役つきでは大いにちがう。

名誉であるばかりではなく、役料が五人扶持出る。役料で何とか一家の食糧が足りるから、これまでの七十俵はほとんど金でもらえることになる。貧乏な御家人は大よろこびだろうが、彦十郎のように妻の実家から仕送りをうけてきている者は、別に、どうということはない。それよりも、御役について出勤することになれば、

(遊ぶ暇がなくなった……)

と嘆く始末なのである。

小十人組といえば戦時の戦闘部隊だといってもよい。

「これで、もしも毛唐どもと戦をすることになれば、このおれとて槍のひとつもしごか

ねばならぬのか……」

四十三歳の青山彦十郎は、ためいきの連発であった。

(よし。来年になったら、家督を熊之助へゆずりわたし、おれは隠居をしてしまおう)

こう思いついたときの彦十郎のうれしさというものは格別で、

「みね。熊めも来年は二十《はたち》になる」

「はい」

「もうそろそろ……よいな」

「なにがでございます?」

「嫁」

「まだ少々、早いのでは……」

「いいさ、おれがさがそう」

などと、うれしがっていたとたんに、突如、熊之助が消えた。

さらに、長円寺の山崎平も消えた。

その前夜。

道場?から帰った熊之助は、例によって弟の源次郎と二人、仲よく夕餉の膳についた。

父上はその日、いよいよ明後日から出仕というので別れを惜しみに根岸へ出かけ、帰

って来たのは夜ふけであった。母上に、ぶつぶつ叱られながら床へもぐりこんだ翌朝、

「旦那さま、大変、何やら、書きおきのようなものが……」

けたたましく、みねが彦十郎をゆり起した。

「な、何だと……」

まくらもとに、熊之助の筆で一通の書きおきがあった。

……故あって、修行のため、師と共に江戸をはなれます。おそらくは十年、いや、事によれば一生、お目もじもかなわぬものと思召し下されたく、なにとぞ、なにとぞ青山の家は、源次郎をもって相続なし下されますよう、伏してお願い申し上げ奉ります。

あとを読むどころではない。

書きおきを叩きつけて、

「な、なにが、たてまつります、だ。畜生め、熊は何というやつだ。加うるに、あの長円寺の爪楊子めは何という……」

いいも果てず、表へ飛び出し、長円寺の小屋へ駈けつけて見ると、ささやかながら家財その他はそのままで、そのかわり爪楊子の仕事机に、和尚へあてた山崎平の書きおきが残されていた。

長円寺のさわぎを後に、我家へ取って返し同じ部屋に眠っている源次郎をつかまえ、

「昨夜、何も気づいたことはないか？」

問い質《ただ》すと、十五歳になっている源次郎が両眼いっぱいに泪《なみだ》をたたえつつ、

「兄上には、まったく、平常のごとく……」

いいさして、うつむき、後はもう言葉が出なかった。

四

熊之助が失踪した四年後──すなわち万延元年の三月三日。

江戸城・桜田門外において、登城せんとする井伊大老の行列が水戸浪士を中心とした十八名に襲われ、大老が首を打ち落とされるというあの大事件が起った。

十八名の浪士に対して大老方の行列は六十余名。このうち抜刀して闘える士分格のものは四十名に足らなかったろうが、それにしても、最後まで大老の駕籠をまもって奮戦したのは、わずか八名ほどにすぎなかったそうな。井伊のさむらいでありながら、かすり傷も負わずに、目と鼻の先の藩邸へ駈けもどって来て、

「一大事にござる」

注進におよんだのはいいが、その後、どこかへ隠れたり逃げたりして、事件後、同僚の死体をかたづけはじめるころになり、どこからとなくあらわれ、手伝いはじめた者が

十名ほどもいたという。

譜代大名の中でも、むかしから威風天下に知られた彦根三十五万石の井伊家……しかも幕閣最高の権力をもつ当主が、徳川幕府の威望を象徴するところの江戸城・城門前で暗殺されたということは、とりも直さず幕府衰亡のあきらかな前兆を白日の下にさらけ出したことになる。

「このときから、世の中というものが、がらりと変ったような気がいたしますねえ」

後年になって、青山熊之助が、

「井伊さんが殺られなすったときいて、山崎先生は私にこういいましたよ……これで徳川の世も終りだとね。私は信じませんでした。若うございましたね、まだ……そのころ、私は先生と一緒に、左様、井伊侯の国もとの彦根城下からあまり離れてはいない近江の犬上郡・富ノ尾という村の小さな寺にいましたが、そのころはもう青山の家をつぐことなど忘れきっていたものです。むろん、弟の源次郎が後とりに直っているとおもいこんでいましたし、私はもう、山崎先生のもとで剣術を修行することだけが精一杯で……いえ、そのこと一つで他には何もいらない。天下国家のさわぎなぞも全く気にならぬほどだったわけですな。私の友だちで、明治になってから坊さまになったのがいまして、これなぞは三十何年か、比叡の山の中へこもったきりの修行をして、山を下りて来たときには、日清、日露の大戦があったことも済んだことも、まったく知らなかったという……それにくらべて私の修行なぞというものは、生ぬるいもので、一例をいえばね、山崎先生は剣の修行には女もよい、酒もよいというのです。れども、私が、はじめて女というものに接したのは、それあの、長円寺うらに先生がおいでになったころでしてね。むろんそりゃあ先生が手びきをして、吉原《くるわ》へ連れていって下さいましたので。ちゃんとその、引手茶屋から上りまして、え、一文字屋という茶屋で、そこへ行くと先生、なかなかの顔利きで、遊びの金もちゃあんと持っているのです。

つまり、ひとくちに申しますと、先生の剣法というのは、人それぞれの日常のどんな暮しの中でも修行が出来るという、それはまず呼吸の仕様から始まるのでしてね。つまらぬことでしょう、え。ふ、ふふ、ふ……人間が呼吸をするのは当り前のことなので……でもそれがね、いろいろとむずかしいものでして、呼吸法を体得したときには剣がわが躰の一節、いや自分の躰同様になってしまうのですな。

ま、よしておきましょう。自分ひとりの修行ばなしなぞ、きく方も語る方も退屈なものでしょうから……え、もちろん、刀をとっての稽古もございましたよ。竹刀は一度も手にしたことはありませぬ。いつも真剣で。

当時の剣術のように竹刀をもって道場へ出てぽかぽか打ち合うというようなものではござんせんしな」

と、こんなことを洩らしている。

ところで……。

井伊大老暗殺の翌年（文久元年）になって、ふらりと、青山熊之助が江戸へもどって来た。

まったく音沙汰なしのまま、足かけ五年目の帰宅であったから、父母も弟も非常におどろきもし、よろこびもしたが、

「では……この私を、まだ廃嫡になさらなかったのですか」

と、熊之助のほうもあきれていった。

父は五十に近くなってい、五年見ぬうちに、あのでっぷりとした躰やふくよかな顔だちが一まわりも二まわりも何か萎《しぼ》んでしまったように、小さく老けこんでいる。それでも寝込むこともなく御役に出ているとかで、

「しかし、熊……」

いいさして、声をのみ、まじまじと二十四歳に成長した息子をながめまわし、

「熊之助。お前、りっぱになった……」

彦十郎が感嘆をしたが、熊之助自身は、どう自分が立派になったのか、わからぬ。

恩師・山崎平は、この正月に近江の寺で病死したが、金五十余両を熊之助へわたし、

「これで、いったんは江戸へ帰り、父母に顔を見せてこい。それから後は、お前のおもうままよ」

と、いった。

熊之助から見て、あれほど剣の道に卓抜した先生が、急におとろえ、わずか十日ほど床についたきりで息をひきとるとは思いもかけなかったことであるが、

「こんなことは十年も前からわかっていた。人間、何をして生きてきても寿命は寿命よ。ま、人は生まれて何よりもはっきりと先に見えているものは、いつか我身が死ぬるということだけだ。こんな簡単なことがわかっているようでいてわからない。だがな熊之助、こいつが、しっかとのみこめれば、おのが生きて行く術《すべ》にあやまちはないものだよ」

と、いい、

「おれの死んだあとは、この寺で始末してくれようが、かまえて墓参りなぞするなよ」

「せ、先生……」

「あんなことをするものじゃない。つまらんことだ」

これより三日後、夕飯の膳(寝ついてからも食事は常人のものを摂っていたという)に向っていて、

「汁がうまい。おかわりをたのむ」

というので、熊之助が何気なく立って行き、汁をかえて戻って来ると、寝床に正坐し、膳に向っている山崎が瞑目している。どうも様子がおかしい。

「先生……」

近寄って肩へ手をかけると、ぐらり、山崎の上半身がゆれうごいて熊之助の腕へ倒れこんできた。

これが山崎平の最期で、享年五十九。

山崎は、琵琶湖・北岸のどこかで生まれたときいたが、近江へ来てからも故郷をおとずれたことはなかったし、

「おれが弟子は、お前ひとり」

という熊之助にも、前歴を語ってきかせたことはない。

山崎が死んで、熊之助が形見にもらった五十両を永代供養にたのんで差し出すと、寺ではうけとらぬ。すでに七十余両を山崎平が「死後のことを……」と、寺に托してあったのだ。

合わせて百二十余両。現代《いま》にして五百万円にちかい大金を放浪の一剣客が、どうして持っていたのか……。

これまでにも、熊之助をつれ、時折は諸国を旅してまわったこともあるが、金に困ったことは一度もない。

だから江戸へ帰って来たときの青山熊之助は、もめんながら小ざっぱりとした衣服を身につけていたし、恩師遺愛の南海太郎朝尊《ともたか》二尺二寸九分の大刀を腰におびていた。

父の彦十郎は「りっぱになった」というが、母の実家の堀越屋の外祖父にあたる利兵

衛などは、

「子供のときのように、まさかこんちき踊りも踊るまいけれど、熊さんはちっとも変っちゃあいない。私はね。おみね。数ある孫の中でも、あの子がいちばん可愛いよ。あの愛嬌のある顔つきで、にこりとされると、もう何もいうことはない。五年ぶりで見たが、前よりもずっと物腰、口のききようがやわらかくなって、これはちょいと、さむらいにしておくのは惜しいものだ」

と、母のみねにいった。

我家へ帰った日の夜。

熊之助は、弟と五年ぶりで枕を並べて眠った。源次郎は二十歳になっている。

二人とも、あまり口数をきかず、只、凝と互いの顔を見合い、あたたかい微笑をかわし合って、しずかに茶をのんだり菓子をつまんだりしていたが、床へ入ってから、

「兄上……」

よびかけつつ、源次郎の手がそろそろとのび、熊之助の手をまさぐって、これをしっかりにぎりしめるや、

「兄上。これからは私や父母のそばにいて下さいますね」

と、ささやいた。

熊之助が、

「はい」

と、こたえた。

五

この年の秋に、熊之助は青山家の跡をついだ。母の実家からは前々から、ちゃんと〔つけとどけ〕をしてあるので、支配頭の森川織部が万事うまくはからい、御役もそのままで、ここに彼は徳川の家来としての第一歩をふみ出すことになる。

これも、父・彦十郎が長男帰還によって急速に衰弱し、夏のころから床へついたきりになったからで、家督については、

「ぜひとも弟に……」

と、熊之助はいったが誰よりも源次郎が承知をしなかった。

「兄上。そのようなことはなりますまい。おねがいでございます。何とぞ兄上が……」

こう源次郎がいうと、それまでは親類たちのすすめにも応じなかった熊之助が、

「はい。では、そうしようかね」

たちまちに承知をしたので、一同おどろいたそうである。

この親族会議の席上には、彦十郎の親友で剣術自慢の井上吉郎もいて、「熊之助さん。空鈍流というものを、私は知らぬ。あんたも大分に修行をつんでこられたというから、

どうだね一つ、立合ってくれぬか」

いい出したが、熊之助は、

「とんでもないこと。太刀をふりかぶって、これを打ちおろす。ただ、それだけのことをおぼえたまででございます。亡き山崎先生なればこその空鈍流で、私なぞは、もうだめの上にだめがつきます」

ものやわらかく断わって、ついに応じなかったし、青山熊之助は生涯に只の一度も他人と竹刀をもっての試合をしたことがなかった。

けれども、この熊之助の剣術がどのようなものかを、

「ううむ!!」

感嘆のうめきを発して見やぶった人がいる。

江戸へ帰った翌年の正月の或る日に、非番の熊之助が堀越屋へ遊びに来て、夕暮れ近くなり、店がまえの横の通路から表通りへ出て行くのを、店先にいて番頭の佐兵衛を相手に薬を注文していた若い武士が、

「いま、あそこから出て行かれた方は、どなただ?」

と訊く。

このさむらいは、近くの御徒町《おかち》に住む二百俵取りの幕臣・伊庭《いば》軍平の跡つぎで伊庭八郎秀穎《ひでさと》という。

伊庭家は、心形刀流の剣家で、江戸でも屈指の道場をかまえ、門弟、千余におよんだ。八郎はときに二十歳。細くしなやかな体軀で透き徹るように白い苦みばしった美男子で、見たところは二十七、八にもおもえる。

八郎、すでにこのころから肺患におかされていたのだが「奉公人の中に体をこわしたものがいるので……」と、こういってみずから堀越屋へ薬を買いに来ては、ひそかに服用するだけで、只の一度も寝込んだりはせぬし、この八郎の病患を知るものは誰一人いない。

「伊庭の跡つぎの剣。あれこそは不羈《ふき》の才というものだ」

と、世上の評判高く、父にかわって諸侯屋敷へ出稽古におもむいて、みじん見劣りはしなかった。

この八郎の眼に、青山熊之助がとまった。

番頭が「当家の親類でございましてな……」と、簡単に青山家のことをふれるのをきき終えてから、

「ううむ……」

と、八郎がうなったというのだ。

このときは、それきりで伊庭八郎は帰って行ったが、後で番頭が「伊庭様がな、こう、じいっとでこ熊ちゃんの後姿を見送りなすって、ううむ……と、その、うなったという

のはどういうわけかね」などと、店の者へ仕方ばなしで語ったが、その場に居合わせた番頭ですらわからなかったものが、手代や小僧にわかるわけがない。

「きっと熊さんの鼻の穴が、あんまり大きいので伊庭の若先生、びっくりなすったんでしょう」

などと、失礼千万なことをいうやつもいた。

これもつまり、裏返して見れば、店の者が心やすい口をきくのも、それだけ熊之助が堀越屋へあらわれたときの気さくで明るい性格が変ることがなかったからだともいえよう。

だが、これで熊之助と伊庭八郎の縁が切れたのではない。

このころになると、井伊大老亡きのち幕閣の中心となった老中・安藤信正《のぶまさ》が坂下門で勤王浪士の襲撃をうけたり、いわゆる革命前夜の変転ただならぬ暴力沙汰が、天皇おわす京都を中心に頻発しはじめた。

アメリカ書記官が暗殺される。薩摩藩士が殿さまの行列を横切ったというのでイギリス人を斬る。などと、攘夷思想が激烈な行動となって暴発する。

幕府は若き将軍・家茂《いえもち》夫人として皇妹・和宮《かずのみや》を迎える政治工作に成功し、勤王運動へ対抗すべき手を次々と打って行ったけれども、こうなると幕府が何かするたびに、反対勢力は反動的に強く烈しいうごきをしめすことになる。

叩く、はね返す。

また叩く、さらに強い力ではね返す。

この反復が、ついに、

「幕府を倒せ!!」

の倒幕運動にまで燃え上ってしまうのだ。

幕府が、外国列強の武力に対処する目的で〔講武所〕というものを設置したのは安政二年であるが、ここで諸役人、旗本、御家人およびその子弟の武術、洋式調練、砲術などの演習をおこなった。

剣槍の教授方には江戸にも名だたる士がえらばれ、のちには伊庭八郎も教授方に任命されることになる。講武所が築地・鉄砲洲《てっぽうず》から神田・小川町へ移転したのは一昨年のことで、ここ幕末期における江戸剣道界は騒然たる時勢のうちに、はなばなしい旺盛ぶりを見せることになったのだ。

「ぜひとも一度、ゆるりと酒をくみかわしていただきたい」

との、伊庭八郎の申し入れが、堀越屋利右衛門を通じて熊之助へなされたのは、文久二年秋のはじめのことであった。

利右衛門も意外におもったし、熊之助も名高い八郎のうわさは耳にしていても一面識もない間柄ゆえ、また試合でもいどまれるのかと思いはしたが、可愛がってくれる祖父の口ききとあれば是非もなかった。

八郎が熊之助を招いたのは、上野広小路の〔鳥八十《とりやそ》〕という料亭で、八郎はここの常客である。

忍川《しのぶがわ》に面した北側二階の小座敷で、八郎はきちんと坐って熊之助を迎えた。

「突然に御足労をねがいまして、とんだ御無礼を……」

歯切れのよい口調で、ぴたりと、いんぎんな挨拶をする八郎を見て、評判を鼻にかけぬその謙譲な態度に、熊之助はいっぺんに惚れこんでしまったものだ。こちらが年長でも、同じ徳川の家来として向うがはるかに上の身分であるし、

「ごていねいなる御挨拶にて、おそれいります」

熊之助も鄭重に礼を返す。

あとは、八郎もさらりと、

「ま、酒をくみかわすだけのことです」

すぐに、くだけた口調で、

「お目にかかりたくてね、あなたに……」

にっこりと白い歯を見せる。

「私に……?」

「いつぞや、堀越屋の店先で、お見かけしました」

「左様でしたか……」

青山熊之助によれば、

「たがいに、男同士のひと目惚れ、というのでしたろうよ」

と、いうことになる。

銀杏豆腐《ぎんなんどうふ》や、かる鴨《がも》に茗荷《みょうが》をあしらった椀盛や川海老のつけ焼、新栗の甘煮、穂紫蘇《ほじそ》の吸物など、八郎ひいきの板前・鎌吉の気合が入った料理がはこばれ、二人は盃をあげた。

開け放った窓の向うに、上野の山の杜《もり》を背景にした黒門と御成門が初秋の、冷んやりとした夕闇の中にけむるように浮き出している。

かくべつに、しゃべり合ったわけではないのだが、二人とも微笑をかわし合い、ぽつぽつと語り合うだけで何かこう胸の中が、ほのぼのと明るく、しかも充実したものにみたされてきて……。

そこへ、また一人、八郎が招いたわけでもない男があらわれた。

これが、佐々木只三郎であった。

佐々木は、三人のうち、もっとも年長で、このとき三十歳。会津藩士・佐々木源八の三男に生まれ、のちに遠縁にあたる佐々木矢太夫という幕臣の養子に入った。

佐々木只三郎は会津にいたころから精武流をまなんで、その精妙さは、もっとも得意の小太刀をつかうときに発揮されたそうな。

がっしりとした、どちらかといえば小柄な体軀で、いかにも剣客といった風貌ながら、これも、いささかの気取りもないかわり礼儀正しく、

「そちらへ行ってもよろしいか？」

と、女中を通じていってきて、八郎が熊之助の了解をもとめると、

「おかまいなく」

「では……」

ここで伊庭八郎から佐々木只三郎に、熊之助は引き合わされた。

佐々木も伊庭も、ともに当時は講武所の助教授といったかたちであったし、親交もふかい。

二人とも、この夜は剣術のことも時局についても、一言も口に出さず、熊之助は佐々木只三郎に対しても、

「ひと目惚れ」

して、しまったらしい。

「私は、この店のこれが大好きでしてね」

どこかに会津なまりがのこる口調で、佐々木は雷干香《かみなりぼし》の物を何度もおかわりしながら、

「ようやく涼しくなりましたな。来年まで、もう、これを食べることもできぬから……」

と、さわやかな音をたてて雷干を嚙みくだきつつ、子供のような無邪気な笑いを熊之助へ送ってよこした。

六

この夜、青山熊之助が〔鳥八十〕を辞したのは五ツ（午後八時）ごろであったという。伊庭八郎が駕籠をよんでくれようとするのを、「いえ、近くですから……」と断わり、熊之助が出て行くのを八郎と佐々木只三郎が〔鳥八十〕の表口へならんで、見送ってくれた。

北大門町の小道をぬけ、熊之助は広小路へ出た。

広場の前面は上野の杜《もり》、両側が現代の上野広小路と同様、繁華な町屋である。不忍池《しのばず》から三味線堀へ流れこむ忍川に橋が三つかかっていて、これを三橋《みはし》とよぶ。ここは将軍が上野・寛永寺墓参の折に通る御成街道で、南へ行けば堀越屋の前へ出るわけだ。

三橋は中央のが幅六間余。左右が二間ほどで、犯罪者は東の小橋、葬礼の行列は西の小橋を通るを例としたそうだが、その中央の将軍の駕籠が通る橋の欄干に立ちはだかって放尿している浪士風の男がいるのを、熊之助は近寄りつつ見た。

一人ではない。

欄干の下には屈強の、これも浪士ふうのが四人いて、何やら田舎なまりの声を張りあげ、わけのわからぬ歌を唄っている。

熊之助が中央の橋をわたろうとするとき、放尿を終えたやつがひょいと橋板へ飛び下り、

「きさま、徳川の家来か!!」

と、怒鳴った。

「いかにも」

熊之助が足をとめてこたえた瞬間、そやつがぴゅっと唾を吐きつけてきたのである。

くびを、わずかに振って熊之助がこれをかわしたので、吐きつけられた唾が、熊之助の右手にいた浪士の顔へもろにかかった。

「おのれ、こいつ!!」

乱暴きわまることで、仲間の唾をかけられたその男が、いきなり、熊之助へ抜き打ちをかけたものである。

浪士たちを恐れて、遠巻きに通行していた人びとが「あっ」と思ったときには、その抜刀した浪士は刀ごと宙に舞って、橋と橋にはさまれた忍川へ、もんどりうって落ちこんでいた。

「あっ……」

「やりおったな」

残る四人、血相を変えて、だだっと黒門口の方へ橋上を後退して間合いをはかり、いっせいに刀をぬきはらった……と、見えたとき、速くも青山熊之助が四人の刀の輪の中へ、すべりこむようにつけ入っている。

「ああっ……」

一人、のめりこむかたちで両手をついて倒れた。

鉄と鉄が嚙み合うすさまじい音がした。

だれの刀か知らぬが、宙へはね飛ばされ、ざざっと地を摺って駈けちがう足音がみだれて、おそろしい地ひびきをあげ、また二人が転倒する。

だれか一人、死にもの狂いで刀をかついだまま不忍池の方角へ逃げた。

「無体ですな。一緒においでなさい」

だらりと刀をさげたまま、熊之助がいう。ほとんど呼吸がみだれていない。

「ううっ……」

うめいたが最後に残った一人は、猿のように歯をむき出し、大刀をかまえて懸命に逃げるのを我慢している。まるで少年のように若くて拙劣な顔貌であった。

「さ、五条天神の番所までおいでなさい。あんたもさむらいなら、いさぎよく、おのれのしたことをみとめたらどうだ」

いいつつ、何と熊之助は刀を鞘へおさめ、右手をさしのべるようにして、すっと、その男に近寄って行ったが、

「ああっ……」

男は、引きつるような悲鳴をあげて、今度は一散に逃げた。

夜のことだし、人通りも少なかったが、どっと喝采の声がおこった。

五条天神門前にある番所には、このころ、非常時だというので番士三名がつめている。

これこれで、峰打ちで倒しておいたから、すぐに行って、

「引っ捕えておいでなさい」

熊之助がいうと、番士たちは顔を見合わせて、困惑な態なのである。

「どうしたのです。こわいのか？」

あきれはてて、こういってやると、

「いや、その……その、では……」

もぞもぞと、二人、出て行ったが、果して捕えたかどうか、知れたものではない。

このごろでは、諸方脱藩の〔勤王志士〕が江戸市中にあらわれ、弱い者の前では肩で風を切って歩いている。こういう浪士たちをあやつり、江戸の外国公使館などを焼打ちにしろとか、異人を暗殺しろとか、水戸・長州などの勤王雄藩の志士たちが、しきりに

暗躍をしているらしい。現に、品川・御殿山のイギリス公使館が、長州の志士たちの計画によって焼打ちされたのは、この年の暮れであった。

京都では、もっとひどい。

天皇のまわりには幕府方の臣もいるし、勤王方の臣もいる。こうした朝臣をそれぞれに、幕府と勤王派があやつり、策謀をこらして暗躍し、殺し合い、勢力をうばい合う。

将軍も、江戸におさまっているわけにもゆかなくなり、近々、京へのぼって天皇のごきげんうかがいをし、合わせて、京都に徳川の威風をしめそうということになった。

この将軍上洛に際し、幕府も種々、手を打たなくてはならぬ。

先に、会津藩主・松平容保《かたもり》を京都守護職に任命し、都の治安をととのえさせようとはかったのもそれだが……たとえば、浪士隊を組織させて、これを京へ送りこんだこともあった。

この浪士隊が、のちの新選組となる。幕府自体も、文久三年八月に、うまく薩摩藩を味方にして、それまでは京都朝廷を一手に牛耳《ぎゅうじ》っていた長州藩勢力を一掃するという成功を見たので、この際に、

「京をかためねばならぬ！」

革命派の侵入を、きびしく喰いとめねばならぬというので〔洛中見廻組〕というものを組織し、これを京に送ることにした。

見廻組は浪士の集団ではない。旗本・御家人の次・三男のうち槍剣の力量すぐれたものを抜擢してこれに当てる。講武所をもうけたことは無駄にならなかったわけだ。

この、革命志士たちの蠢動《しゅんどう》をふせぎ、摘発するための監察隊が結成されたのは元治元年の四月であった。

隊員は四百人とも五百人ともいい、組頭には蒔田広孝（備中・浅尾藩主）と交代寄合格の松平唐正が任命された。大がかりなものである。

佐々木只三郎が与頭として、この見廻組の幹部になり、京へのぼったのもこのときで、青山熊之助いわく。

「そのころはもう、伊庭、佐々木の両氏とも何も彼もゆるし合う仲となっていましてね。こりゃもう、当時の勤王方にしてもそうなのでしょうが、ああした大きな時勢の移り変りというものも、はじめのうちは、人が人の影響をうけてうごき出す。そして斬ったり斬られたりという血みどろの……それこそ人間という生きものの中に、かくされているけだものようなちから、とでもいいましょうか。まず、そうしたものの闘いから始まってゆくのですね。食いつめた浪人たちが、何もわからずに勤王勤王だというので……まあ、何か騒動でも起り、これにうまく乗じられれば、何とか世にも出られようというわけで、それまでのいろいろな鬱憤がほとばしるように出て来て、どんなことでもやってのけるという……殺し合い、騙し合い、互いに傷つけ合ってねえ、そのうちに何かこう見えてくるのでございますね。外国の強いちからに押えつけられかかっている自分の国と、その国の中で同じ日本人が殺し合い、騒ぎ合っているということが、はっきりとわかってくる。ま、このときまで生き残っていた人が偉くなるのでしょうな。徳川《とくせん》でいえば勝（海舟）さん、薩摩の西郷、大久保、長州の木戸（桂小五郎）さんとかね、みんな、一度にじゃあなく、だんだんと眼がひらいていったのですよ。まあね、眼のひらいていった人たちがいたことはありがたいことで……それとても微々たるものだったのですね。

でも、はじめから眼のひらいている人も、ごく少なかったが、いたものです。こういうのは、早く眼が先にひらきすぎて、まわりにわかってもらえない。それで死にますよ。殺されるのです。幕府方にも、こういう人が二、三人ありましたが……土佐のほれ、坂本龍馬《りょうま》ね。この人なぞ、もう一息のところで、ね……」

七

青山熊之助は、佐々木只三郎と共に京へのぼったとき、家督を弟・源次郎へゆずりわたしている。

だから〔見廻組〕の一員として上洛したのではない。

「そうしてくれるなら、行ってもいいですよ」

と、熊之助は佐々木の熱烈な懇望に負けたとき、こういった。

わがまま者だし、むずかしい規則にしばられずにはたらかせてくれるなら、というのである。

佐々木は、これを承知した。

弟は、なかなか承服してくれなかったが、

「どちらにせよ、行末、世の中がおさまったときには何も彼もやり直しになることだし、それまで、もしも私が生きていれば、お前のいう通りにしようではないか」

と、熊之助が説くや、源次郎もやむなくうなずいた。

熊之助が京へのぼってから時勢の変転については、くだくだしくのべるにもおよぶまい。

彼が上洛した翌々年に、徳川十四代将軍・家茂が大坂に病歿し、これを追うように孝明天皇が崩御された。

あの勝海舟をして、

「家茂公のことをおもうにつけ、おれは何とでもしてはたらかねばならぬと考え考えしたものだよ。天下のためとか何とか大仰なことではないのでね、このお人一人《いちにん》のために命を捨てて悔いないと思ったこともあったほどだ」

と、いわしめた若き将軍の歿年は二十一歳。十三歳で政争の道具にされて紀州から迎えられ将軍位についた家茂だが、騒擾動乱の世に必死で立ち向った。思ってもいたわしい、というのは……十三歳から二十一歳にわたる歳月が、男の一生で、どんな役割をするものか、である。

たのしみも若さも自由もない。すべてを、

「早く……一日も早く世のさわぎが静まるように」

との願いのみにかけて生き、死んだ二十一歳の生涯であった。

こういう将軍だから孝明天皇も、たちまち信頼され、家茂上洛後の公〔朝廷〕武〔幕府〕合体が何とかかたちをととのえて行けたのも、天皇と将軍の〔親愛〕が強くむすばれていたからである。

二人の死によって、情勢は、さらに烈しく一変する。

薩、長、土、肥の四雄藩が同盟して幕府旧体制を破砕し、新時代を迎えようという意欲と行動の前に、もはや、幕府はなす術《すべ》も知らなかった。

ところで……。

京へのぼった青山熊之助は、油小路二条下ルところにある蒔絵師・村上市兵衛方の二階へ下宿をしていたようである。

西へ出ると、すぐ前に二条城。その西側に〔見廻組〕組屋敷があり、佐々木との連絡にも便利だ。

京へ来て、青山熊之助に女ができた。

名高い島原の廓内・丹波やの芸妓で千松という、何と熊之助よりも一つ年上の二十八歳になる大年増で、何か青ぐろい、むくんだような顔つきの、背の低い、島原で最も売れない妓だという。

佐々木只三郎に五名ほど、それに新選組から原田佐之助ほか数名が加わって、はじめて見廻組が島原へくりこんだのだが……。

例の角屋へ入って行くと、仲居たちが、

「まあ、まあ……青山の先生やおへんか」

いかにも親しげに熊之助を迎えたので、佐々木も瞠目したらしい。

「あんた、こんなところへ前に……？」

問うと、

「むかしむかしでしてね。亡くなった師匠と近江におりましたときに……」

熊之助は、ひくい声でこたえ、くびをすくめた。

その佐々木只三郎が、

「いかに何でも、あのような妓《おんな》は、あんたに似つかわしくない。おやめなさらんか」

と、たまりかねていったほどの丹波や千松であった。

「いえ、別にね……」

熊之助はさり気なく、

「女というものは、人それぞれの好みですなあ」

「そうですかな。しかし、あれは、いかにも……」

「ひどいと申される？」

「あんたには似つかわしくない」

ところが半歳も経ぬうちに、佐々木が眼をむいて、

「これが、千松でしたかなあ」

久しぶりに同じ宴席で、熊之助へ寄りそっている千松を見ておどろいたというのだ。

このごろは熊之助がよく面倒を見てやっているらしく、千松には古代むらさきのしぶい地色の裾模様の衣裳がよく似合い、濃化粧の下から、なにごとも順調になってきた女の暮しがふっくらと匂いたつような妓に変貌している。

千松が席をはずしたときに、佐々木が、

「青山さん。あれは、みな、あんたの御丹精か？」

「いえ、別に……」

「いや、実にもう、おどろきましたよ」

「別に……ただ、剣術の稽古をしているつもりでしてね」

「え……？」

佐々木、一寸わからなかった。

「つまり力士なぞと同じことで……」

「ははあ……」

「女との、ひめごとのさす手ひく手、みんな稽古でしてね」

い、い、い、
あんぐりと口をあけたまま、佐々木只三郎は、

「空鈍流とは、そうしたものでしたか……」

「いえ、私の師匠だけの流儀でしたろう。いや、つまらぬことでして……」

「すると、女が、あのように変る……ものですかなあ」

「変りましたかね」

「変った、変った」

「そうでしょうか。ま、呼吸もんでして……」

「ふうむ……いや、恐れいった」

むろん、島原の廓内にくりこんでいたばかりではない。

幕府が崩壊し、見廻組も消滅し、佐々木只三郎も伊庭八郎も維新戦争に死去してしまったのだから、必然、京における青山熊之助の活躍ぶりは記録にも残っていないし、ひとり生き残った熊之助自身も、まったくこのことにふれていない。

しかし、慶応元年十一月七日の夜。

熊之助が、訪問して来た見廻組の本田主計《かずえ》を送りがてら、油小路の下宿を出たところを、長州の井積半蔵ほか三名が襲撃したはなしがつたわっている。

そうしてみると、熊之助も勤王派からつねに狙われるほどの仕事をしていたにちがいあるまい。

このとき。

刺客たちは、通りをへだてた越前屋敷の塀の北側から何気ない様子でまわって来て、蒔絵師の軒先を一歩、外へふみ出した熊之助へ旋風のように襲いかかった。

一足おくれて外へ出た本田主計が「あっ……」と、思う間もなく、敵を迎え撃った青山熊之助が振りかぶった大刀をいかにも無造作に打ちおろすと、刺客の一人が弾み返ったように転倒した。

熊之助は、ほとんどうごかず、また振りかぶって打ちおろす。

「ぎゃあっ……」

と、また一人。

わずかに左足を引いて振りかぶり、熊之助が、本田から見るとむしろ緩慢《かんまん》とも見える動作で刀を打ちおろすと、これへ吸いこまれるように突込んで来た三人目が呆気なく斬《きり》殪《たお》されてしまった。

最後の井積半蔵、これはもう、たまりかねて逃げた。

「あのような斬合いを、私は見たことがない」

と、本田主計が当夜の模様を佐々木只三郎に語ると、

「やはり伊庭さんの目に狂いはなかったようだね」

佐々木は双眸をかがやかせ、興奮していたという。

この本田主計が、佐々木の密書を持って、熊之助の下宿をたずねたことがある。

それは、慶応三年十一月十五日の底冷えのはげしい朝のことで、蒔絵師の女房が、

「一足ちがいで、青山さまは江戸へお発《た》ちやした」

と、いう。

この前夜おそく、江戸から早飛脚が来て、弟・源次郎危篤のことを知らせた。

熊之助は、まさに取るものも取り合えずといった様子で支度をととのえ、佐々木只三郎へあてた書おき一通をのこし、夜が明けるのを待ちかねて出発して行ったという。

本田主計は、この熊之助の手紙と佐々木の密書をもって組屋敷へもどったが、早くも佐々木は外出している。だれにも行方を知らせぬままにだ。昼をすぎても帰って来ないので、密書ゆえ開封してみることもならず本田は出て八方こころあたりのところを走りまわり、夕暮れ近くなって、佐々木が時折酒をのみに行く三条木屋町の〔瓢《ひさご》や〕という料亭をのぞいてみると、いた。

「そうか……江戸へ帰った……」

熊之助の手紙を一読し、佐々木只三郎は唇をかみしめ、しばらくは身じろぎもしなかった。

すでに一カ月前、追いつめられた徳川幕府は、将軍・慶喜《よしのぶ》が大政を奉還しており、万事終ったというわけだが、徳川のさむらいたちにとっては、それで何も彼も解決がつくことではない。

「仕方もあるまい」

佐々木は、こういって、本田を帰した。

上洛のときの約束が「自由を拘束せぬ」というのだから、これを追うつもりはないし、追ってみたところで、佐々木が熊之助にはたらいてもらう〔一事〕には間にあうべくもない。

佐々木只三郎が、配下の渡辺吉太郎、今井信郎など六名をひきいて、河原町・蛸薬師下ルところの近江屋を襲い、坂本龍馬、中岡慎太郎を暗殺したのは、この夜のことであった。

八

これは、明治の世も半ばをすぎ、新政府の基盤も確固たるものとなり、日本の、いわゆる近代化というものが目ざましく押し進められはじめたころのことだ。

当時、あの伊藤博文が第二次伊藤内閣を組織する少し前で、伊藤は枢密院議長をつとめていた。

西郷、木戸、大久保という明治維新の三大支柱が世を去って、薩長藩閥政治が火花を散らす中で、伊藤は大久保利通から受けついだ政府部内の勢力をのばし、政変、事件のおこるたびに地歩をすすめ、ついに「憲法発布」の原動力となり、明治政府の最高指導者となった。

その夜。

伊藤博文は築地の料亭で、例のごとく美妓《びぎ》をはべらせて遊び、いざ帰ろうとすると、抱えている車夫が七転八倒の苦しみをしている。盲腸炎だったらしい。

「徳、大丈夫か？」

と、伊藤は料亭の一室で寝かされている車夫を見舞い、

「お前、いたむのになぜ我慢をする。いかぬじゃあないか。お前がおらなんだら、わしは何処へも出られはせん。大事にしてくれなくてはいかんよ。よしよし、かまうな。寝ていろ寝ていろ。ここでやすめ、すぐ医者が来る」

実に、やさしい口調でいう。

いや本当に、やさしいのだ。

伊藤、ときに五十一歳。

大変な色好みで、女性関係のスキャンダルの絶え間がなく、それをいかに政界や世間が弾劾《だんがい》しようとも、伊藤は恬《てん》として、

「いいたいものにはいわせておけ」

すべてが明け放しなのである。

さて……。

伊藤は車夫を残し、近くの車屋からさしまわされた人力車に乗った。

例の車夫は盲縞の股引きに半天、笠をかぶっているのでよくわからぬが、老人らしい。が、走りだすとしっかりしたもので、

「葭町《よしちょう》へ行ってくれぬか」

伊藤が命ずると、

「はい」

さわやかに、こたえる。

その声が、どうしても車夫のような職業をしているものとは考えられないので、しばらく行ってから、伊藤が何気なく問いかけてみようとおもい、

「お前さんは……」

いいかけるのへ、

「しばらくでございましたね」

と、車夫は振り向きもせずにいうのだ。

「知っとるのか、わしを？」

「あれは、たしか……文久二年の秋ごろでございましたかな」

「ぶんきゅう、となあ……古いことだが……」

「上野広小路の三橋で……四人づれのうち、最後まで残ったのがあなたでしたな」

いいつつ、老車夫が一寸、車をとめて、人力車夫がつかう石油入りの人力提灯をとって自分の顔をてらして見せたときには、さすがの伊藤博文が、

「あっ……」

と、叫んだ。

「あのときの……」

「もと幕臣のはしくれで、青山熊之助と申します」

伊藤は、このとき斬られるかと思ったそうだが、ふたたび車夫……いや、青山熊之助は梶棒をつかんで走り出しながら、

「あれから、三十年にもなりましょうな」

「むう……あんた、車とめぬか。一緒に歩きながら話そう。これから行く葭町は女のいるところで、別に急がぬのだがね」

「とんでもない。用があって名乗り出たのではございませんよ。ただねえ……」

「ただ……？」

「あのときの……」

いいさして、熊之助はくすりと笑い、

「あのときの、まるで洟《はな》たれ小僧のようだったお人が、こんなに立派になられたのが、うれしくて、つい声をおかけ申したので」

「皮肉かね」

「いいえ。あなたも、むかし俊輔と名乗っていたころは長州の中でも、ずいぶん暴れ者で、人も大分にお斬りなすったし、私もねえ、新選組や見廻組と一緒に、あなたをずいぶん追いまわしたものです」

「そうか……あれからかね？」

「はい。だが、とうとう、お目にかかれず……」

「お目にかかっていたら、いまごろ、わしの首はないよ」

と、伊藤も気が楽になり、

「いやあ、あんたに、あの上野でひどい目にあったときほど、こわかったことはない。逃げてよかった」

「ふ、ふふ……でもねえ、いま、日本の政治を牛耳っていなさるあなたはしっかりしたものだ。むかしねえ、いろいろと世の中の波風をくぐって、あばれまわっていたころの経験《もの》が、いま、みんなお国の役に立っているようでございますね。結構なことだと存じます」

「あんた……本当に、そうおもってくれているのかね？」

「青山熊之助、嘘は申しませぬよ」

「ありがたい」

　伊藤は心底から、そういったそうだ。

　そして、今度は伊藤が、いろいろ問いかけたが、熊之助はあまり自分のことにはふれようとはせず、手みじかに、八丁堀あたりの長屋で妻子と共に三人暮し。昼は爪楊子をけずり、夕方から車をひいている、とこたえた。

　さらに、はなしが維新動乱のあたりにおよぶと、

「私のようなものは、一生をかけて只一つのことしか出来ませんでね。もっとも、出来たものやらどうやら……」

　と、熊之助がいうので、伊藤が、

「そりゃ、どんなことかね？」

「なに、つまらぬことで……私には、慶応三年に早死をした弟がひとりおりましてね。この弟に借りたものを背負いつづけて、なんとか弟に、これを返そうとおもいつづけ、

そうして一生を送ったようなものです」

「借りた……何をかね？」

「いえなに……こちらのことでして」

この夜、伊藤博文が、

「いまになっても、年に何度か、むかし自分が手にかけた人びとの亡霊が出て来て、うなされることがある」

率直に洩らすや、言下に熊之助が、

「間もなく、出て来なくなりましょうよ」

と、こたえた。

これが縁となって、青山熊之助は「徳」とよばれるお抱え車夫が病気静養の間、伊藤の車をひいたり、馬車の馭者《ぎょしゃ》もつとめるようになった。

大磯の本邸へも出入りをしたし、夫人にも愛されたが、伊藤は人前でも、

「青山さん」とよぶので、熊之助から願い出て「熊」と呼んでくれという。

「では、人前だけだ。これはわしからたのむ」と、いうことになった。

この「熊」をつれて、伊藤博文が日本橋の八洲亭という西洋料理屋へ昼飯を食べに行ったことがある。

客がこれを見て、

「女狂いの伊藤が来たよ」

「あれが助平大臣の顔かえ」

などと、がやがやいいかわすのが耳に入っても、伊藤は悠然として、馭者姿の熊之助を同席させ、にやりにやりと食事をする。

熊之助も、むろん伊藤と同じスープや肉料理をむしゃむしゃやっていて、これだけでも客は度胆をぬかれる。いまを時めく大臣が馭者と同席で仲よく飯を食っているのは、異様なものらしい。しかし、伊藤は熊之助だから同席させているのではなく、車夫の「徳」にも、これと同じようなあつかいをする。

食事が終ると、伊藤は目算でちゃんと勘定がわかり、十円札を出して、

「熊。ツリはいらん」

にっこりと、いかにもやさしくいって、ゆっくりと外へ出て行く。

この悠揚せまらぬ態度、いつくしみにあふれた使用人への口調……そういうのを見ている料理屋の客たちは、とたんに先刻の悪口雑言も忘れ、ただもう、うっとりと伊藤博文を見送るより手段がなかったという。

のちに熊之助が車夫の「徳」に、このことをはなすと、徳さんいわく。

「あっしのときもね。そんなことはしょっ中ですよ」

この徳さんが出て来ても、熊之助は馭者として伊藤博文につかえること二年。

「生まれて、はじめて金というものが少々たまりましてね。目黒の不動様傍の茶店を買うことになりました」

と、熊之助が辞職を願うと、

「そりゃあ、よかった」

伊藤も、かなりの退職金を出してくれた。

このとき、伊藤のもとを去るにあたって、青山熊之助が伊藤に、

「むかし、私に、伊庭八郎と申す友人がございましてな」

「おお、知っている。函館で戦死をした……あの人も大変なつかい手だそうな」

「はい。この男が死ぬ前に、こんなことをいっております。それは……慶喜公が、わずか一日にして、みずから三百年におよぶ天下の権を朝廷に返上し、一滴の血も流さず事をおさめようとした事実は、かつてわが国の歴史にも西洋の歴史にもなかったことだ。このおどろくべき新しい芽を薩摩・長州の勤王方が、ああ、よくやってくれた、われわれも共に力を合わせ、国事に立ち向おう……と、こういってくるどころか、無理無体に徳川の根を絶とうと戦を仕むけてきた、このことを忘れてはならぬ、と、伊庭はかように申したそうでございます」

伊藤博文は、ふかくうなずき、

「その通りじゃ」

ったた「うらみごとを申しているのではございませんよ」

「わかっています。そのことを、いまのわしにいってくれる貴公のこころは、ようわか」

「日本人は、新しい芽が出ると、つまんでしまいます。いくら強い良好な芽でもね」

「うむ、うむ……」

「これからの日本をよろしく……」

「はい、はい」

目黒の茶店の主人になってからも、熊之助は爪楊子の仕事をやめず、これも亡き師匠ゆずりの評判をとって、柳橋の万屋、木挽町の酔月亭、外神田の深月屋など、熊之助つくるところの爪楊子でなければ承知をしなかったという。

熊之助の妻は、あの京都・島原の芸妓千松こと〔お千代〕その人であって、明治四年に、二人は夫婦となった。

六年に女子・清が生まれ、子は一人のみである。

伊藤博文が、

「どんなところにでも嫁入りさせよう」

しきりに肩を入れてくれたが、これをことわるでもなく、伊藤に、

「あたり前の仕事についている、あたり前の人のところがようございますね」

と、熊之助はいい、数年前に創立されたばかりの日本麦酒《ビール》会社の社員・飯島守の妻にしてもらった。

むろん、伊藤が仲人を買って出た。

青山熊之助は、伊藤博文がハルビン駅頭に暗殺される五年前、六十七歳の生涯を終えた。

病気は肺炎で、苦しそうに、

「弟と同じ病気だよ」

と、六十八になった老妻にいい、何か、うれしげに何度もうなずいて見せた。

伊藤博文も医薬をさしむけて来たが、ついに手遅れとなり、熊之助は昏睡状態におちいった。

山陰生まれのお千代には親類もないが、旧堀越屋からも人が来て、熊之助の枕頭をかこむ。嫁に行ったむすめの清も、熊之助の孫たちをつれて駆けつけて来る。

暖春生あたたかい夜で、住居に面した小さな庭には熊之助が丹精をした躑躅《つつじ》が真盛りであった。

うつらうつらと、熊之助は夢を見ている。

むかし、むかしの、江戸のころの入谷田圃がいちめんにひろがってい、赤蜻蛉の群が、さやさやと空をながれて行く。

少年の自分と、幼い弟の源次郎が、その蜻蛉の群の下で手をつなぎ合って歩いている。

田圃の中でも畑の中でも、かまわずに、水底を泳ぐように歩いている。

すると、弟が急に、黒い大入道につかまえられ、ぽかぽかとなぐりつけられはじめた。

熊之助は田圃の泥の中へ埋まるように突伏し、ひいひい泣き声をあげている。

その入谷田圃が急に、京都・島原の廓内の明るい灯影に変った。

しかし、源次郎が大入道になぐられつづけていることは変らない。

このとき、青山熊之助の呼吸が切迫してきた。

妻女が顔を近づけ、

「あなた……」

熊之助の手をにぎりしめると、熊之助が意識不明のまま、きゅうと唇をまげて、

「ごめんよ」

と、かすかにいい、息絶えた。

妻女のお千代も、むすめの清も、そして熊之助の親類たちも、

「いったい、おじいさんはだれにあやまったのだろう?」

と、その後もいい合っては、ふしぎそうにくびをかしげたものである。

解説

小島香

面白いか面白くないか。

池波正太郎は編集者に原稿をわたして、まず、こうたずねる。『小説現代』の編集部の一員として「仕掛人・藤枝梅安」の原稿をいただき続けて数年になるが、この問いに対する答えが後者だったことは一度もない。

池波作品が面白い理由の一つは、登場人物が端役にいたるまで、輝いて生きているからであり、それは作者が〈生活の達人〉であることからくるもののようだ。どんな時でも、いかなる場所ででも、自分の置かれた状況を楽しもうと思い、創意と工夫でたちまち生活を享受してしまう作者は、人間とその営みに精通していて、これが作品に生きてくるのである。

当然、出会った人すべては、鋭く深い観察の目から逃がれることはできない。

たとえば、ビルの谷間を歩いている知人が、しばらくすると、松風吹く街道を急いでいるのである。

たとえば、川越に住む白面のっぺりの男から〈川越中納言〉を考え出す。色好みで夜な夜な酒宴をはっては、生きている歓びにひたる盗賊の川越中納言が「剣客商売」に登場するのである。

こうして、人間の不思議さ、面白さ、愛しさが現実からすくいあげられ、作品の中で増幅される。だから、描かれている人間は、悪も善も、その生活になんと輝きのあることだろう。

池波作品はまた、読者の感情の流れを不自然に停めたり、急に逆行させたりする所がないので読みやすい。読む者をとまどわせるといったことは皆無である。この作品集の「妙音記」はこんなふうに始まっている。

「女武芸者の佐々木留伊が、夜の町に出没して〔辻投げ〕を行うのも、つまるところは、男を漁り男を得、子を生み、妻となり母となりたいがためのことなのである。……」

女の辻投げという工夫にひかれ、いったいどんな具合に行うのか、と読者の興味を喚起させつつ、話をはこんでいく。読者は小説に身を任せてしまい、そうすることに快感さえ覚えてしまうのである。

読み手の心理から生理にまで心を配っているのは明白だ。

さて、解説である。

「剣客群像」に収められた八篇の小説は、直木賞を受賞した昭和三十五年から四十四年の十年間に書かれたもので、四十二、三年の作品が多い。連作小説「鬼平犯科帳」が四十三年に始まり、以後数年を経て、「剣客商売」、「仕掛人・藤枝梅安」と、人気を得た作品が生まれていく。この充実した時期に書かれた短篇で構成されている。

また、この時期は五木寛之、野坂昭如をはじめとする新しい書き手が出て、小説雑誌は活気に充ち、部数を伸長した時でもあった。

各篇にふれる前に一言すれば、この作品集に出てくる剣豪は超人的な剣技、武術を披露するために登場するわけではない。腕がたつことよりも、人間としてのありようを描くことに主眼がおかれているのである。

「秘伝」の土子泥之助は、行動的な兄弟弟子の対決のかげに居て剣をふるうことはない。にもかかわらず、作者が一番温い目で見ているのはこの人物なのだ。師が遺した奥義の書を剣のテクニックの書として読もうとする剣客は作者の軽い嘲笑を浴びてしまう。剣客にみる人間の研究という趣きが横溢している好短篇だろう。

「妙音記」の女武芸者佐々木留伊は実在の人物で、作者はこの小説について、

「好きな作品のひとつで、それはたぶん、小説にかきたいと思っていた「おなら」のことが書けたからでしょう」と言っている。

女武芸者は気にいった素材なのであろうか、「剣客商売」に佐々木三冬という人物を

登場させている。

「かわうそ平内」は、優れた剣技の持主なのだが、それを感じさせず、四十歳で六、七十歳にも見え、米飯を炊ぐ煙もまれにしか立たないという暮しぶりで、カワウソのような顔つきをしているというから、およそ剣豪ばなれ、いや、人間ばなれをしている。

だが、この辻平内、好もしい魅力をたたえていて、さわやかな印象さえ感じとれる。作者のかくあってほしい剣豪像の一つと思える。不思議な味わいがにじみ出てくる人物である。

「柔術師弟記」の井土虎次郎は創作上の人物で、慢心のすえ、気味の悪い怪物的存在になり果てたこの愛弟子を師の関口八郎左衛門は殺してしまう。ここまでは武技に秀でた男達の話であるが、作者の意図はそこにはない。死の床に横たわる師が、弟子虎次郎と稽古に励む夢を見るところにある。師弟の情愛がこもっていて、武芸者も我々とまったく変らぬ人間であることがなっとくできる。

「弓の源八」の子松源八はもちろん弓の名手であるが、死期を悟るや、老いた妻とともに絶食して死を待とうという、けた外れの律儀さから、世人からは奇人と見られている。作者は源八に「金と名誉が好きだ。だからこそ、それを避けて生きてきた」と言わせている。

こういう生き方に作者は大いなる共感を持っているのである。

る。
「寛政女武道」のお久と牛堀道場は創作されたものである。女であるからこそ、男以上の意地を通しえたお久は、他の七篇の主人公に負けない豪の者なのだが、それゆえに死ななければならない女の哀しさ口惜しさがみなぎり、哀切きわまりない作品となってい

「ごろんぼ佐之助」では、一本気な男が好意をもって描かれる。作者の長篇小説「幕末新選組」にも登場している原田佐之助である。

なにしろ、剣ひとすじに凝り固まっているため、いざというときに肝心の一物が役に立たなかったりするほどの男なのだ。

一本気な男のほほえましさ、好ましさが、じかに伝わってきて楽しい。

「ごめんよ」に出てくる青山熊之助、源次郎兄弟は実在の人物ではない。何人かの身の囲りの人をあわせて創ったキャラクターである。作者は、

「この小説の主人公熊之助には母方の曾祖父のおもかげが濃く匂い出ているはずです」

と語っている。曾祖父は御家人である。

「母から聞いた古い親類たちのはなしがいろいろなかたちでちりばめられております」

と付け加えている。

こうして八篇をみてくると、それぞれの作品の登場人物の生活感情、かかえている問

題はそのまま、我々のものでもあることに気付く。描かれた時代と、現代の間に感情のズレが感じられない。当時の人間の感情・生理を現代の人間のそれと同じものとしてとらえているからだろう。

現代では理解しにくいことで、江戸時代の人にとっては、あたりまえになっていることだってあるにちがいない。しかし、作者はそれをストレートには出さない。あくまで、現在、生活を営んでいる人々がなっとくできるように描く。読者に、時代小説を読むうえでの知識を持つことなど強要しないのだ。

小説を読むのが楽しくなる――そんな気をおこさせる工夫が、どの作品にも加えられてある。読みやすく、面白く、を最終目標にして。

思いつくままに、池波正太郎の小説の面白さについて記してきた。けれども、秘密はなかなか解けない。叢林に手刀で道を拓こうとしているようなものである。

そこで、こんな想像をめぐらして、満足している。

作者は眠りにおちる直前、なかば意識がはたらき、なかばは自分の意志ではどうにもならない魔の時間に、江戸の町を親しく散歩するのではあるまいか。

そこには、長谷川平蔵をはじめとして、彼の部下達、彦十らの密偵、剣客の秋山小兵衛、大治郎、三冬、藤枝梅安、彦次郎、これらの人々を取りまく幾多の登場人物が棲んでいる。

そしてこれまた無論、〔井筒〕、〔鮒宗〕といった料亭や酒屋もあるわけだ。もちろん、なじみの女さえも。

作者の来訪を待ちうけている登場人物達は、

「こんどは、こんな話にしましょうぜ」

などと語りかけてくる……。

——という散歩説が、意外に、適切な、面白さの秘密の〝解〟なのではなかろうかと思っているわけである。

そこで……。

「剣客群像」、面白いか面白くないか。

それは、これから読まれる、あるいは、すでに読まれたあなたにおまかせするのは、もちろんのことである。

――編集部より――

本書の作品の中には、今日の社会的基準に比べると、差別的表現もしくは差別的表現ととられかねない部分が含まれていますが、歴史的時代を舞台としていること、作品全体として差別を助長するようなものではないことなどに鑑み、また著者が故人である点も考慮し、原文のままとしました。

初出

秘　　　伝　小説エース　昭和44年1月号
妙　音　記　別冊文藝春秋74号（昭和35年12月）
かわうそ平内　別冊小説新潮69号（〃43年1月）
柔術師弟記　〃70号（〃43年3月）
弓の源八　〃71号（〃43年7月）
寛政女武道　〃72号（〃43年10月）
ごろんぼ佐之助　日本　昭和38年8月号
ごめんよ　オール讀物　昭和42年9月号
以上「剣客群像」として桃源社より昭和44年4月刊行

本書は昭和54年9月に刊行された文春文庫の新装版です。

文春文庫

剣《けん》客《かく》群《ぐん》像《ぞう》

定価はカバーに表示してあります

2009年3月10日　新装版第1刷
2024年4月15日　　　　第10刷

著　者　池《いけ》波《なみ》正《しよう》太《た》郎《ろう》
発行者　大沼貴之
発行所　株式会社 文藝春秋

東京都千代田区紀尾井町3-23　〒102-8008
TEL 03・3265・1211㈹
文藝春秋ホームページ　http://www.bunshun.co.jp

落丁、乱丁本は、お手数ですが小社製作部宛お送り下さい。送料小社負担でお取替致します。

印刷製本・TOPPAN　　Printed in Japan
ISBN978-4-16-714288-9

（　）内は解説者。品切の節はご容赦下さい。

池波正太郎 編
鬼平犯科帳の世界
著者自身が責任編集して話題を呼んだオール讀物臨時増刊号「鬼平犯科帳の世界」を再編集して文庫化した〝決定版〟鬼平事典〟……。これ一冊で鬼平に関するすべてがわかる。
い-4-43

池波正太郎
蝶の戦記（上下）
白いなめらかな肌を許しながらも、忍者の道のきびしさに生きてゆく於蝶。川中島から姉川合戦に至る戦国の世を、上杉謙信のために命を賭け、燃え上る恋に身をやく女忍者の大活躍。
い-4-76

池波正太郎
火の国の城（上下）
関ヶ原の戦いに死んだと思われていた忍者、丹波大介は雌伏五年、傷ついた青春の血を再びたぎらせる。家康の魔手から加藤清正を守る大介と女忍び於蝶の大活躍。（佐藤隆介）
い-4-78

池波正太郎
忍びの風（全三冊）
はじめて女体の歓びを教えてくれた於蝶と再会した半四郎。姉川合戦から本能寺の変に至る戦国の世に、相愛の二人の忍者の愛欲と死闘を通して、波瀾の人生の裏おもてを描く長篇。
い-4-80

池波正太郎
幕末新選組
青春を剣術の爽快さに没入させていた永倉新八が新選組隊士となった。女には弱いが、剣をとっては隊長近藤勇以上といわれた新八の痛快無類な生涯を描いた長篇。（佐藤隆介）
い-4-83

池波正太郎
雲ながれゆく
行きずりの浪人に手ごめにされた商家の若後家・お歌。それは女の運命を大きく狂わせた。ところが、女心のふしぎさで、二人の仲は敵討ちの助太刀にまで発展する。（筒井ガンコ堂）
い-4-84

池波正太郎
夜明けの星
ひもじさから煙管師を斬殺し、闇の世界の仕掛人の道を歩み始める男と、その男に父を殺された娘の生きる道。悪夢のような一瞬が決めた二人の運命をしみじみと描く時代長篇。（重金敦之）
い-4-85

（　）内は解説者。品切の節はご容赦下さい。

池波正太郎
乳房
不作の生大根みたいだと罵られ、逆上して男を殺した女が辿る数奇な運命。それと並行して平蔵の活躍を描く鬼平シリーズの番外篇。乳房が女を強くすると平蔵はいうが……。（常盤新平）
い-4-86

池波正太郎
剣客群像
剣士、柔術師、弓術家、手裏剣士。戦国から江戸へ、武芸にかけては神業の持ち主でありながら、世に出ることなく生涯を送った武芸者八人の姿を、ユーモラスに描く短篇集。（小島　香）
い-4-87

池波正太郎
忍者群像
陰謀と裏切りの戦国時代。情報作戦で暗躍する、無名の忍者たち。やがて世は平和な江戸へ——。世情と共に移り変わる彼らの葛藤と悲哀を、乾いた筆致で描き出した七篇。（ペリー荻野）
い-4-88

池波正太郎
仇討群像
ささいなことから起きた殺人事件が発端となり、仇討のために人生を狂わされた人々の多様なドラマ。善悪や正邪を越え、人間の底知れぬ本性を描き出す、九つの異色短篇集。（佐藤隆介）
い-4-89

池波正太郎
夜明けのブランデー
映画や演劇、万年筆に帽子、食べもの日記や酒のこと。週刊文春に連載されたショート・エッセイを著者直筆の絵とともに楽しめる穏やかな老熟の日々が綴られた池波版絵日記。（池内　紀）
い-4-90

池波正太郎
おれの足音
大石内蔵助（上下）
吉良邸討入りの戦いの合間に、妻の肉づいた下腹を想う内蔵助。剣術はまるで下手、女の尻ばかり追っていた〝昼あんどん〟の青年時代からの人間的側面を描いた長篇。（佐藤隆介）
い-4-93

池波正太郎
秘密
家老の子息を斬殺し、討手から身を隠して生きる片桐宗春。だが人の情けに触れ、医師として暮すうち、その心はある境地に達する——。最晩年の著者が描く時代物長篇。（里中哲彦）
い-4-95